一個人能有這樣一座島是多麼幸福的事。

蔡逸君

# 鯨少年

# 一冬之旅

北緯線六十七點五度，浮冰的洋面
再見，海豹再見，企鵝再見
東北風起我將南游。
為著旅途遙遠，一路上
祖先的歌聲伴隨我們唱遊
那隨著波浪搖擺的節奏
從南到北，從西到東
衝撞著岸上的礁岩與沙粒
也韻律著海上航行的船舷。
且依偎親愛母親身旁
乘風破浪，不怕颶風
不畏險難。

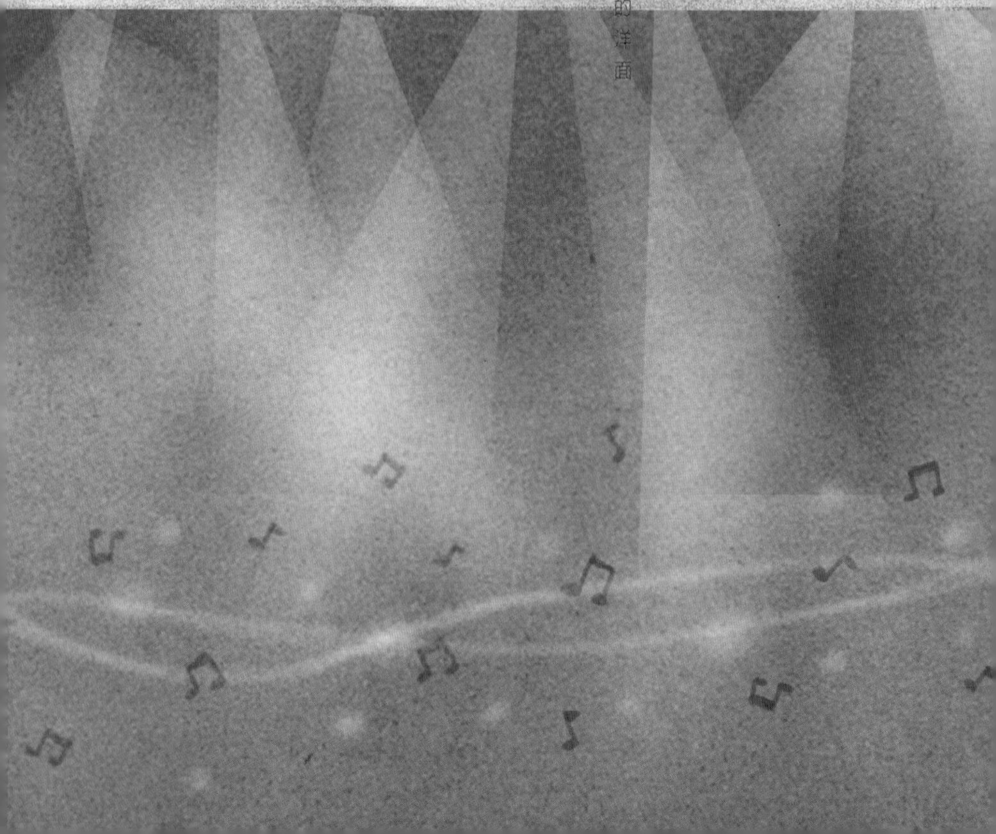

北冰洋海中，母鯨莉莉在一陣掙扎過後，伴隨著痛楚的慘叫聲，血水暈染藍色海洋，小鯨荷比誕生了。

「嗚……嗚……」莉莉呼喊著小孩。

「嗨……」荷比尋喚著母親，他剛從母親溫暖的羊水中釋出，浸身在滿布浮冰碎屑的海域，不由得渾身冷顫，僵硬的身體直往下沉。

原本該在南方海中出生的，但荷比提早了一個月，就連母親莉莉也不知如何是好，擔心自己的寶貝荷比微薄的身軀如何抵擋北風帶雪的冷冽。可惜丈夫已經不在身邊，無法給荷比信心與勇氣，她無助的朝海底游，卻見白眉老鯨將荷比托了上來。

「荷比！」

「嗨！」荷比張開了眼睛，勉強搖動虛弱的尾巴依偎在母親身邊。莉莉看著荷比，彷彿看見丈夫死去的身影划過她的腦海，莉莉一陣心痛，用鰭輕撫著寶貝荷比。

「傷逝的過往
我何忍心再次想起
那一夜冰冷的漁槍與
人類無情的目光都讓我心碎
白眉老人呀，我的命運
爲何如此多災多難！」
「我的女孩，莉莉
生命自有他的奧祕
請不要傷心　不要哭泣！
哀傷令人疲憊，
軟弱無助現實，
你要以身作則教導你的孩子。」
白眉安慰著莉莉，鯨群們也聚集過來，希望能幫助莉莉恢復信心，
他們齊聲合唱鯨群久遠流傳的詩篇。
「在千年堅硬的冰層中，我們誕生

左鰭是上弦的月光，轉過身來右鰭是太陽

我們呼吸，划動整座海洋。

頭頂戴著北冰洋連綿的白色巨帽

尾巴拍打著安地斯山下洶湧巨浪

我們呼吸，划動整座海洋。

……」

懶鯨馬拉哈「嗯哼」了一聲，不屑的唱道：「我們的呼吸，划動整座海洋……而我們的生命卻如蝌蚪一般！」

莉莉的女兒彩虹聽見懶鯨馬拉哈的諷刺，一頭朝著馬拉哈的肚子撞過去，她已經七歲了，力道不輸一艘三十噸重的漁船。馬拉哈不想正面衝突，輕輕旋動身體，像一座移動的小島，洄一個漩渦就把彩虹的攻擊化解於無形。

「你什麼也不會，就只會欺侮小孩！」彩虹氣憤難平。

「我做錯什麼了？我不過是說出實話……你們還要被這些殘破的詩篇欺騙多久？」

「歌唱與吟詩是鯨群的生命，遊戲與舞蹈是鯨群的活泉，我母親是這樣教我的，白眉老人也是這樣說的，你騙不了我。」

「哈哈！要說詩篇，除了你的父親奧卡，沒有其他鯨比我熟記深切，要比歌聲，當我開口，整個太平洋的鯨群只能肅穆聆聽。」

「誰不知你吹牛的名氣……」彩虹雖仍有氣，但馬拉哈至少對自己的父親保留尊敬，而且他畢竟是長輩，口氣也就放鬆了，「我父親最後的歌聲是怎麼唱的？」

「你想聽嗎？」

不祇彩虹，鯨群們都靠攏過來，連吃著奶的荷比原本閉著的眼睛都睜得大大的，想聽聽吟遊詩人奧卡最終時所傳唱予鯨群的詩作，只因奧卡臨死之前只有馬拉哈陪在身邊，只有馬拉哈了解這一切。

「我們呼吸，划動整座海洋。

……

我們的脂肪加工成肥皂香精

我們的骨骼陳列展示在博物館



歌唱與吟詩是鯨群的生命，遊戲與舞蹈是鯨群的活泉。

我們殘剩的魂魄在大海裡遊蕩
我們是沒有風的帆
我們是擱淺在沙灘上的巨屍
而我們的生命就如蝌蚪一般……」

馬拉哈還沒唱完，就被彩虹打斷。

「你不要亂唱了，我父親不會如此悲觀。」

「悲觀？的確應該悲觀！我問你，難道你父親的死是假的嗎？依我看來，奧卡的命運只是一個前兆，我們鯨群恐怕都得步上他的後塵……」

「馬拉哈，誰讓你在這裡亂說話，」白眉老鯨斥責地說：「彩虹的父親，奧卡，他是生命的鬥士，他是爲鯨群而死，沒有人能夠詆毀他！」

「白眉老太婆，死亡是既定的宿命，下一個就要輪到你！」

「你跟孩子談這些幹什麼？他們的生命才剛起步！」白眉緩慢的迴身，想用尾巴教訓馬拉哈，卻如何沒有氣力抬起尾巴來。

「哈哈，你衰弱的身軀就是爲了給荷比做示範嗎——」馬拉哈嘲笑白眉老人。

「馬拉哈，你閉嘴行不行，奧卡是死了，但是作爲他的唯一同伴，你卻留著生命回來，你還敢爭辯什麼！」莉莉說話了。

「莉莉，這不公平，我一樣是滿身傷痕……」

「但卻拋棄了同伴！」彩虹見母親發難，不饒馬拉哈，言語刺中馬拉哈的心臟，只見馬拉哈頓時垂頭喪氣，目光黯淡，轉身游去。

「那歌聲將靠誰來傳遞？
那奧祕的謎語將如何分明？
那海洋裡的正訴說些什麼？
那遠在陸地的靈魂與誰相依？」

白眉老人的疑問全是嘆息，荷比的父親、鯨群的歌者、詩篇的開路先鋒——奧卡。奧卡一去不回，屍骨未存，叫老人如何不感傷！她看著荷比，溫柔的觸鬚著新來的小生命。

「小荷比啊！你聽著我衷心的祈禱
願你的母親在災難中益發堅強
願你的兄弟姊妹一同分擔海洋的憂傷

願你快快長大，來接續父親的歌唱

而我將為你如是祈禱！」

小荷比似乎沒有聽懂，閉著眼睛安靜地吮飲著母親多汁的乳，以一片律動的海作為他的搖籃，就靜靜睡去。

●●●

第一個守燈塔的老者說了一個靈魂的故事。

「靈魂是什麼？」

「靈魂是夢的窗口。」

「夢的窗口是什麼顏色？」

「水結冰的顏色。」

小男孩的倒影在海洋中飄搖晃動，身旁的老人則凝視著遠方，在他們的背後是河口，在河的流域兩旁是草原，在草原的盡頭是丘陵，比丘陵更高的是山脈，山頭上飄著雲，雲累積著雨，雨下了山頭的樹葉，樹葉盛滿的水餵養河流的魚，魚順著水流向遠方游去，遠方站著一個老人，老人的身旁一個小男孩臨海的身影在海洋中飄搖晃動。

曾經是海溝的，現在是河流；曾經是日光照不見的海底，現在是草原；曾經是暗礁的，現在是高高的山頭！那麼曾經是魚的呢？現在流浪在陸地，自稱爲人。

「是我嗎？我曾經是魚？」小男孩的身影在水中扭動，但卻無法游動。

「不是，應該説魚曾經是你。那時洪水來了，淹沒一切，人爲了生存，於是拿刀在臉頰兩旁各劃了一下，那就是在水中能呼吸的鰓。」

小男孩摸摸自己的臉頰，笑了。

漁村裡不過百人，比山坡上花園立起的十字架的千分之一還少許多。一百個靈魂散布在小島四處，其中的老人和小孩就佔去十分之九，身强體壯的年輕人乘船漂往隔海的大陸，在那裡耗盡體力拚命工作，等到有一天，腿斷了、眼盲了、心死了，才被船遣返回來，一臉無神，表情呆滯。



「靈魂是什麼？」
「靈魂是夢的窗口。」

老人們看了一個又一個年輕人如此離開又怎樣回來，總是數落教訓：「你的靈魂被偷走了！」然而年輕人還是一個一個離開，有的甚至從此沒有再回來。

失去靈魂的回到這周圍二十公里的小島，冀望海洋再一次賦予他們靈魂，像小時候那樣可以自由自在躍入海中，滌清身上的污垢；可是這一次，他們站在海邊，雙腳顫抖著，沒有勇氣回到海洋，因爲他們離開太久了，海洋忘記了他們，他們陌生的身體一個一個被海洋拋棄，最後，他們連站在海邊的勇氣也無了，足不出門，怕的是看見海，海變成了囚籠。

像這樣困居島上，一方面回不到過去，一方面不敢看向未來，終日與酒爲伍，酩酊現實與夢，那積壓的眼淚與哭聲，夜夜在島嶼深處咆哮，哀歌搭著浪濤降臨，小島充滿了悲意。

故事也可以是倒著說的。那失去靈魂的人回憶家鄉，總是有無限感慨，他們彼時活在城市邊緣，一得機會便往海邊跑，一群人眺望遠方的小島，雖是看不見，但他們假裝是看得見的，用想像彌補失去的場景，談論家鄉的種種。

剛來到新大陸，一切新鮮好奇，他們看著不同的樹，聽著不同的語言，但憑他們善良的心，他們很快的在此生活下來，最低層的工作他們不畏懼，最勞累的工作他們不逃避，只要不傷害靈魂，他們每日總是歡天喜地的開始，快樂幸福的睡去。唯一讓他們不能適應的是，活在這片大陸的人，他們的身上從不帶著靈魂。起先他們以爲，這裡的人或許是把靈魂放在家裡不帶出門，漸漸的他們發現不是這麼一回事，這裡的人根本就沒有靈魂。他們很驚訝，若沒有靈魂，他們如何生活在一起，如何對話溝通，如何擁抱呢？他們覺得格格不入，但是爲時已晚。

有一天他們其中的一員，帶著驕傲與滿足的神情來到，他的身上穿著新衣戴著新帽，他向他們宣稱，他找到了在此陌生大陸生存的祕密。大家都熱情的瞧著他，只聽他說：「只要把靈魂給賣了，你們就能同我一樣。」他們一聽驚訝得說不出話來，瞧瞧他，果真原本伏趴在他肩上的靈魂已經不見了，奇怪的是他卻沒事。

那從小的教導是謊言嗎？老人口述的是欺騙嗎？他們開始動搖。第一個字是靈魂？可是沒有靈魂他還不是一樣生存得好好的，甚至他宣稱，其實他們一直被靈魂所綑綁，而他一旦把靈魂賣掉，不但得到一筆好價錢，而且頓時感覺輕鬆，自由自在，不必再有所苦，也不必悲傷，因爲這些不快的事，都是靈魂在作祟，他鼓勵他們趕快販賣靈魂，以求解脫。於是漸漸的，他們一個一個把自己的靈魂賣掉，而這確實也帶給他們短暫的歡愉！可是不久，他們發現自己沒有眼淚可以哭，沒有夢的窗口可以眺望，最令他們失望的是，他們面對彼此卻聽不見對方的心聲，他們握手卻得不到溫暖，他們漸漸疏遠，變成寂寞的人。他們想去把靈魂買回來討回來，可是靈魂已經流散四處，再也無影無蹤。他們帶著沒有靈魂的身體乘船退回了小島。

船來了，船慢慢划進岸邊，不知道這次載來的是什麼？

「第一個字是靈魂，第二個字是海洋。」

你舞成漩渦，將我捲入
捲入最深處最深處的海
黑暗的時候你是光
安靜在孤獨的邊緣
哭泣如果來臨
你會在我的耳膜邊鼓動
清脆堅定的嗓音
「我愛你！」
那就是一切，有關海洋
最初與最終的祕密

「首先你得張大你的眼睛仔細看清楚……，荷比！你聽懂了嗎？」彩虹頂著小荷比划水，教他練習如何迎對風浪。「遇到浪頭的時候，如果你的身體夠強壯，你不妨橫衝直撞，撞碎浪頭你才能成長！」

荷比似乎沒聽懂，才一個尺高的浪就把他翻了身，掙扎了半天，彩虹也不理他，還是母親莉莉幫他解圍。

「彩虹，荷比還小，你不應該這樣指導他。」

「他分明是想偷懶，身體動也不動一下，哪有這麼軟弱的鯨，我眞爲他感到丟臉！」

「不許你這麼說，有一天他會證明他是鯨群中最勇敢的一個，像你的父親。」

「我才不信！他……他連唱歌都不會！」彩虹說的話觸動母親心中的傷口。的確，荷比出生到現在，只會嗯嗯的發音，其他的聲音卻一概不會，「我猜他根本是個啞巴！」彩虹一方面怕母親責備，一方面是相當

氣餒失望，說完話就趕緊游開。

莉莉托著荷比對他露出笑容，「荷比，我知道你不想發聲是因爲你想仔細聆聽，不想說話只是因爲在你心裡盤旋的都是詩的旋律，我會等你，我知道你將慢慢開口，那時他們個個都要震驚！」莉莉相信，荷比只是因爲身體衰弱才會如此，但其實她心中也相當擔心，荷比如果眞的是個啞巴，那麼作爲一個吟遊詩人的孩子，他將何以承擔。

遠遠的一個浪湧來，荷比沒有逃避，他撥動海水把頭部朝前身體垂直的迎向風浪，浪與他接觸的一刻，荷比緊張得全身僵硬，於是身體便整個翻了一百八十度，倒懸在水中，看著浪嘲笑的姿態揚長而去。荷比不服氣，又尋了另一個浪頭迎上前去，「荷比，放鬆你的身體，擺動你的尾鰭！」莉莉在一旁提醒他，浪拍擊而至，荷比小心翼翼不讓自己被浪翻轉，小小的身子奮力的挺著，被浪推後了幾十尺，可浪聰明得很，趁荷比尾巴失了氣力時，一個濤空，將荷比吞了進去。莉莉一驚，趕緊鑽入渦漩中，靠著巨大的身軀把渦漩擊碎，荷比才被破碎的力道彈了出來，慢慢的浮上水面。

莉莉趕緊游到荷比身邊，「荷比，你還好嗎？」

荷比似乎很悲傷，賭氣的往浪裡游去，卻被母親的身體擋住，荷比不服氣，頂著頭往母親的身體直撞，撞了幾下，竟掉下了眼淚，「嗚嗚嗚」的叫莉莉好不心疼。

「我最疼愛的幼子
力量不是勇氣的根源
勇氣來自心靈與智慧
最猛的浪有它來自的方向
那方向跟你的一樣
往東往西，上下起伏
你的節奏要配合跟隨
那是海洋的呼吸
你的呼吸也是它的部分
你們同在一起，上下起伏
海的力量就是你的力量。」



她要荷比說話，她要荷比歌唱，她要荷比吟詩，她要荷比的聲音充滿整座海洋！

「荷比，你聽懂了嗎？」

荷比點頭。

「……但你爲什麼不回答？用你純眞的嗓音回應我！」

「啁啁啁！」

荷比聽見母親說的，但是他無法講話，他的聲音憋滿整個內在，但他無法發出，他是個啞巴，他眞的是個啞巴！他不停的啁啁叫聲，把母親莉莉的眼淚都叫了出來。

莉莉的眼淚流入大海，大海都是鹹鹹的淚水，她告訴自己不能灰心，她要荷比說話，她要荷比歌唱，她要荷比吟詩，她要荷比的聲音充滿整座海洋！

彩虹來到了深海，她記得父親奧卡在這裡教她歌唱的情景，父親渾圓的嗓音迴盪在漆黑的海底，那時世界是靜止的，那時是永無止境的，那時是溫暖的，那時是一道光，那時是充滿的，那時是時間流過去一分一秒都看得清清楚楚的。如今黑暗一如往昔，安靜一如往昔，只是少了

父親的歌聲，一切都空虛了下來。

彩虹往更深更深的海底潛行，就在去年，父親奧卡還攜著她划過這道海溝，此時無有父親在身旁，彩虹的心裡更加淒涼。但她並不害怕，爲了自己的弟弟荷比，她要往更黑更深的海域尋找，她聽父親說過，那裡有一座孤獨的洞穴，是父親年輕時磨練歌聲的地方。彩虹要找到洞穴，彩虹要把荷比帶往那裡，讓荷比知道，讓荷比奮起。

就在彩虹進入海溝時，一曲細微的歌聲在黑暗裡獨自鳴唱，彩虹停止撥浪前進，聆聽。

「我哀傷在這幽暗的海底
同伴們不知去了哪裡？
生命的一切我曾託付歌謠
如今死亡逼近，我的歌聲
還有誰能聽得到？」

聲音是那麼虛弱，卻是那麼明瞭，彩虹心想，這個聲音從未聽過，不知是哪裡迷路來的鯨，他爲何唱得那麼哀傷？彩虹追隨著歌聲。

「幻影出現眼前
我與同伴嬉戲清涼岸邊
噴水射向烈日，我們跳舞直到
星辰鼓掌紛紛跌墜海洋
幻影出現眼前
星群變成魚叉利刃射向同伴
載著屠殺的船把死亡丟入海洋
……
幻影出現眼前
我感覺到注視的目光
如果你是我愛的請靠近我
證明我最後一次的詠嘆！」

彩虹找到歌聲的源頭，那裡一個同伴閉著眼睛傾斜著軀體躺在海底。聽他唱的似乎知道自己來到，彩虹一時不曉得怎麼回應，只得更靠近他，才發現他受了傷。



這個聲音從未聽過，
不知是哪裡迷路來的鯨，
他爲何唱得那麼哀傷？

「如果你是我愛的請靠近我
如果你是死亡，我要時間暫緩
讓我把歌唱完！」

受傷的鯨仍不停止發聲，似乎已經陷入昏迷，分不清是眞是幻。彩虹貼近他，觸摸他的臉頰。

「我不是死亡，我是你的同伴。」彩虹深怕驚嚇到他，輕柔的安撫。

「我的同伴？我的同伴已經遠颺
他們隨著風飛到了雲端……」

「你不要唱了好不好！」彩虹再也忍不住，把受傷的鯨搖醒，「我是你的同伴，眞眞實實的同伴，你淸醒了嗎？」

受傷的鯨用最後的力量睜開眼睛，看見彩虹，喃喃著：「給我空氣……」隨即暈了過去。彩虹可慌了，急忙把他的身體頂出海溝，往上游去。受傷的鯨身軀龐大，彩虹用她全身的力氣想將他頂到海面，可是頂了幾次沒有成功，眼看他又掉回海底，幸虧母鯨莉莉帶著荷比來到，三隻鯨合力把受傷的鯨托往水面。

那受傷的鯨被救，張開眼睛再一次看見了美麗的夕陽，圍繞他身旁的是同伴，讓他不覺孤單。

「謝謝你們。」他用力的呼氣，氣柱在夕陽偏射下像一朵開在海中的火樹銀花。

「你叫什麼名字？」彩虹問他。

「文生。」

「文生，你從哪裡來？爲何受傷？」莉莉關切的詢問。

「兩天前我們準備出發前往南方，清晨起步沒多久就碰上了船隊，這次的船隊不若以往，他們在海面上排成一列，上百艘的船擋住我們行進的隊伍……同伴們一個個被捕殺，我自己也受了傷，大家分散逃逸，便失去了方向……」

「你還沒清醒呀！船隊會有上百艘？我不相信，你跟馬拉哈一樣愛吹牛。」彩虹打斷了文生。

「我沒有騙人，眞的是這樣，要不然以我們的力量怎麼會懼怕他們！」文生不像是說謊，「而且更可怕的是，船隊似乎知道我們行進的



如果你是我愛的請靠近我
如果你是死亡，我要時間暫緩
讓我把歌唱完！

路線，我們的斥候根本沒有發現而提早警告，他們就突然出現了。」

「你們走的是東路還是西路？」

「東路，這一向是比較安全的路線。」

「這麼說來，馬拉哈隱瞞了我們一些事，我們得去告訴白眉老人。」

莉莉神色憂心，「文生，你跟我們一起來吧！」

「不，我要去找回我的同伴，他們需要我。」

「我知道你心急，但你自己才受了傷，根本沒有力氣幫助他們，況且我們也需要你，大家一起來想辦法。」莉莉勸文生。

文生顯得猶豫。

「你就留下來吧！我們原本就預定要在明天出發，你可以很快跟上他們。」

文生不再拒絕，他們一起潛入海中，夕陽也掉了下來。

第二個守燈塔的老者說了一個海洋的故事。

「海洋就在我面前。」

「在你面前的是時間。」

「海洋在時間裡？」

「不，海洋在你的身體內。」

小男孩的臉朝著港口，不知船運來了什麼？

第一艘船是獨木舟被風暴吹來，島上於是有了人；第二艘船是帆船，載著神登臨，島上於是有了教堂；第三艘船是探險隊，島開始有移民；第四艘船是軍隊，島上於是有戰爭；第五艘船是駁船，島上於是有了港，有了燈塔；第六艘是遊艇，島上開始觀光。

如今的船載著遠方的靈魂歸來。這是新興的開發計畫，陸續完工的是度假村和花園，花園是給死者住的，度假村是給來拜訪死者的活人住的。

死者並非是小島上的住民，依他們的習慣，有人死亡時，就把屍體擱置在小木筏上，看準潮汐洋流放入大海，衆人聚集海邊，看著大海將



他們一起潛入海中，
夕陽也掉了下來。

死者的靈魂收回。之所以這樣，是因爲小島上的嬰兒一出生，父母親就會帶著小孩去到海邊，把嬰兒全身浸入水裡，這樣一來，靈魂就能順利由海洋中爬上嬰兒的肩膀，而等到死亡，當然也得把靈魂還給海洋。

花園埋葬的屍體是來自遠方的大陸居民，那裡因爲人口不斷的增加，甚至連死者都找不到地方棲息，於是就有商人想出了在小島上建造花園的方法，來處理每日每分每秒都在進行中的死亡。

船班固定來往，只因死者不分時日，親人們拜祭自然也是如此。他們傍晚來到，住進度假村，翌日去到花園走了一趟，隨即乘船離開，船在黃昏時又回來，載的又是另一批生人。有時來的船會有死者同行，下船後，跟隨在死者身後的迤邐隊伍由山坡上排到港口，一陣子熱熱鬧鬧，過後，把孤單的死者留在小島上。

死者生者的距離就是海洋。

船停下來，除了卸貨的工人，卻只有一名旅客，不似平常。闖進這樣一名陌生的人，並沒有引起任何注目；相反的，由於他的四處走動，把小島的靜默驚醒，更顯得小島的冷清。第一次，這個陌生旅客感覺小島正看著他，雖然其實是他的眼睛觀察這島上的一切景觀。他來做什麼沒有人知道，或許也只是一個來拜祭死者的人，然而不像其他觀光客，他捨棄度假村，在民宿住了下來。明天清晨船來了，他就要離開，不過有誰會記得呢？唯一的大概只有這小島，記住他的腳步，記住他的呼吸，記住他的氣味，記住他的眼睛。

老人牽著小男孩的手，步履緩緩走向燈塔。燈塔建築在小島邊的懸崖高處，他們走得很慢，老人一路上不斷的說話，是說給小孩聽的，喃喃自語。

左邊有一塊岩石，右邊有一棵樹，左邊有一隻海鷗一個撲拍後羽毛緩緩落下，右邊一個蹄印子留著一隻驚恐野獸的身影，你看不到沒關係，我會告訴你，如果你能看，或許反而看不見這些東西，都是這樣子的，看見的馬上會變成一種消亡，第一次你或許會覺得新鮮，習慣看見以後，那被人看見的雖然還在，但人就是看不見它，人的目光把一切可以看見的都吞噬殆盡，然後以滿足的眼睛宣稱他開闊的視野，開闊的視野怎麼會是在人的眼睛呢？沒有人的眼睛，沒有人的看見，視野才真正是無限。

到了燈塔下了，你留在這裡等我，我上去把水晶片擦拭乾淨，點亮燈火，你想跟我來？那就慢慢走，階梯很陡。

天色漸漸暗了，我現在把窗簾卸下，把燈點亮。你看不見沒關係，看見了你反而距離你看見的越來越遠，我守這座燈塔已經四十年，經過的船隻無數，但從來沒有一艘船會朝著燈塔而來，他們看見燈塔，但卻遠離燈塔。沒有船的目的地是燈塔。

「第一個字是靈魂，第二個字是海洋，第三個字是天空。」

## 三 白色水域

冰裂的午夜時分進行曲演奏
風聲拍水聲夾雜星群歡呼的歌聲
目標在穹蒼底下，七千里外
白色溫暖的水域，我看見
我聽見你幽幽的低訴就在耳邊
你的身體與我並肩
你的尾鰭與我相連
我們的靈魂在黑幕裡再次相遇
逝者生者同來歡唱，過去未來
幸福和悲傷的歷史，我們曾經遺忘
但永遠會想起海與陸地
交接的原是生命的因緣

莉莉領著彩虹、文生和荷比找到了白眉老鯨，文生把船隊的事情又說了一遍，白眉沉思了半晌，看著莉莉，說道：「原來如此，我們可能錯怪馬拉哈了。」

「我也想過，東路一向是安全的，怎麼奧卡前去探路會一去不回，原來是碰上了這樣的船隊。唉！當初馬拉哈說的時候，我還一直不相信！」

「你不要自責，是我罵了他，他跑哪裡去了？」

「已經幾天不見他！」莉莉說。

「希望今天晚上會回來，我們需要他──」

「白眉婆婆，」彩虹忍不住插進來說話，「我們根本不用怕船隊，他們殺了我父親，我們應該展開反擊！」

「彩虹！安靜點。船隊不是你想像中的脆弱，你看文生這樣，難道不能穩重一些嗎？」

「我不怕他們！」

「我沒有說怕他們，」文生看著彩虹，「我也相信鯨群裡沒有誰是害怕的，但我們並不想跟他們起衝突不是嗎？」

「彩虹，文生說得對，我們和他們，一個在海中，一個在陸地，曾經互相注視，百年千年，彼此看著對方，那眼神本來就從不包含衝突的。」

「那爲何又要殺我們？難道是馬拉哈說的，我們的生命比蝌蚪還不如，還是我們的命運本來就該是擱淺在沙灘上的巨屍！」

「彩虹，把馬拉哈的詩忘了吧！它讓你充滿了仇恨，忘了吧！」白眉老鯨感嘆的說道。

「我忘不了，除非我忘得了父親的死。」彩虹哭泣著。

「不要再提死亡了，我們今晚就要出發，打起精神來吧！」莉莉鼓勵彩虹。

幽幽靜靜的海面上，星星露出了光芒，船隊的幽靈很快的散布傳開在海洋上。午夜時分鯨群漸漸匯集，一股洋流暗潮洶湧。發號施令的仍推白眉老鯨，白眉老鯨帶領鯨群已經三十個年頭，鯨群以她爲中心圍繞著她，漸漸安靜下來。



一個在海中，一個在陸地，
曾經互相注視，百年千年。

「我有一個方向，」白眉用盡她全身的氣力歌吟。

「那方向標舉著南十字星，」鯨群應對。

「我有一個願望

願望乘風追逐我的夢想

世世代代

永永遠遠

體驗空氣中芬芳的奧祕

體驗血液裡沸騰的傳奇

跟隨我的同伴

跟隨我的海洋。」

鯨群合唱的力量似乎驅走對未來的驚惶，大夥等待這趟旅程已有時日，如今將要出發，心中難免雀躍不已。年輕調皮的不懂世事的還在嬉鬧，就是有過幾次經驗的也是滿心期待。

「讓我再次用我微虛與誠意的嗓音告訴你們我的故事，這故事你得把握牢記，有一天，你將要把故事繼續下去。」白眉老鯨把群鯨的心思沉靜下來，「我們來自哪裡？我們來自海底深處的湧泉，那是生命力量的源頭，熱燙的血液直到如今還川流我們的身上，如果你曾聆聽你自己的心跳，你會知道你會明瞭。我們從冰帽地底的深處冒出，極冷與極熱的挑戰都難不倒我們，過去如此，現在如此，未來亦是如此。從我領航的第一天，我就告訴自己，海洋是那麼遼闊，海洋是那麼多變，我們弱小的身軀跟她比起來是微不足道的！但是海洋並不虧待我們，相反的，她給我們嬉戲的場所，她陪我們吟詩作樂，她在我們憂苦時撫平我們被撕裂的心，在我們徬徨的時候，激舞我們的鬥志！所以，不要敵對海洋，要沉浸到海洋中，感受她的溫度冷暖，感受她的愛意恨意，感受她自然的呼吸。」白眉老鯨今晚大異以往，多說了許多，還不停的叮嚀，「你們當中常有人憂煩海洋帶給我們的局限，但我要說，聰明的詩句告訴我們，海洋是我們的天空，水是風的另一個名字，心若放開來，我們可以在天空飛翔，這是我要告訴你的故事，也是我自己和海洋的故事。至於關於你的故事，你要聽聽別人怎麼說，然後自己去尋找，自己去創造。」

白眉說完，鯨群靜默，緩了許久，只聽她說道：「我想這次我不走了，



我們來自海底深處的湧泉，那是生命力量的源頭。

讓莉莉帶領你們吧！」

　　白眉突然這麼說，把大夥從靜默中驚醒，她微笑的交代，「我的時間已經到了，該是我離開你們的時候。」鯨群不安的騷動，莉莉游到白眉身旁。

「莉莉，我把責任傳交給你了，希望你們能一路平安。」

「但是……，爲什麼你要獨自留下？」

「我的生命已經足夠了，每次一到這個時間，總會挑動我的內心，我當然希望跟你們在一起，看著我們的隊伍充滿信心的前行，但是，現在我們還能夠悠然自在的享受我們的旅程嗎？不能，你知道是不能的！因爲船隊不斷的增大，阻礙了我們的方向。」

「那你更不能離開我們！」

「我想過了，我們鯨群的數量越來越少，活動範圍也一再受限，如今只好去找出傳說中的鯨塚……」

　　鯨群當中的許多都是第一次聽到所謂「鯨塚」的傳說，白眉知道大夥的疑惑，就說起來了。

「鯨塚的傳說已經一代交替一代，位置應該是在一座小島上。遠古以前，每一隻鯨都從海裡取得了靈魂，取得了生命的力量，死後一切當然復歸大海，平平靜靜的安息。但是自從有了人類以後，海洋不再和平安詳，他們不斷屠殺鯨群，把我們同伴的軀體屍骨隨意丟棄，囚禁在陸地上，靈魂就再也回不到海洋。被屠殺的越來越多，不斷的堆疊，竟堆成一座高山。風來了，土塵覆蓋了，青草與樹木滋長了，就這樣被隱埋了。那些被禁閉的靈魂，時常在深夜裡或冷風中哀歌。然後傳說就流淌在整座海洋中，作爲鯨群的一員，將他們解放出來，就等於是解放我們自己，讓海洋再一次充滿鯨的魂魄……」

「可是，那畢竟只是個傳說，誰都沒去過。而且找到鯨塚，並無法解決人類所帶給我們的災難呀！你還是留下來吧！」莉莉說。

「正因爲如此，所以我必得去，用我生命最後殘留的氣力去找尋。找到它並不是要解救我們什麼，雖然傳說中的鯨塚只要一被釋放，力量將等同於大海，但是，最重要的是我們鯨的一代，越來越怯懦於對海洋的挑戰，必須把失去的這種精神魂魄給找回來，這才是重要的。莉莉，把



每一隻鯨都從海裡取得了靈魂，取得了
生命的力量。

責任傳交給我的領航，她曾經也是這樣對我說。」

「她找到了嗎？」

「沒有。」白眉望著莉莉：「但我們不應該放棄希望，不是嗎？」

莉莉知曉白眉所下的決定如何不能更改，那去追尋鯨塚的意志不是普通能夠動搖，此去孤獨的白眉老鯨再相見不知能否，只得默默祝福。

「我的歌是你教我的
我的第一隻舞蹈是你牽著我
迴旋　季節之間
水草與洋流交結彼此的夢想
而你今去　我何相依
千里萬里唯有祝福。」

白眉老鯨把彩虹叫了過來，荷比也跟在後頭。

「彩虹，白眉婆婆有些話想跟你說，我知道你的氣憤，也明白你的哀傷，但，把那些悲傷的歌忘掉，那對你並不適合。你的心不應該被自己的恨束縛，放開來你才會找到自己的海洋！」彩虹點頭了。

「我還要告訴你，你弟弟荷比誕生在悲傷中，但你要讓他脫離自卑，那是你的責任，把你父親奧卡的教導給他，把我的故事說給他聽，把今天的一切讓他牢記，我知道有一天他會是堅強的鯨，勇敢的唱出自己的詩篇。」彩虹應允。

「我得走了，你們將要出發。」白眉老鯨把頭探出水面深深吸了口氣，隨即潛藏水中，往海底游去。

「我這樣歌詠昨日
昨日是你給我的一切
我這樣期許明天
明天是我給你的諾言
海不是血的戰場
海會再次的透明　再次的藍
正如你的我的會再次
再次的相見
再次的擁有今夜。」



午夜，在海中，鯨群們吐語沉沉，
游水聲收藏在海洋的耳語中。

白眉漸行漸遠，終於消失無蹤。莉莉打起精神，讓群鯨認識文生，並賴文生做開路先鋒之一，群鯨仍決定走東路南下，萬般小心的出發。

午夜，在海中，鯨群們吐語沉沉，游水聲收藏在海洋的耳語中。

● ● ●

第三個守燈塔的老者說一個天空的故事。

「天空裡有什麼？」

「天空裡有天空。」

「除了天空還有什麼？」

「什麼都有。」

「有沒有我？」

「你就是天空。」

我初次來到這裡是因爲搭錯船，原本要乘原船回去，可是船隔天早上才開，於是我逗留了一個晚上。沒有，在這不到一天的時間裡，並沒有發生什麼事，我一個人走完小島一圈，晚上借住人家家裡，隔天就離開了。

我爲什麼回來這裡？很簡單，因爲我搭對船了。故事也可以這樣說的。搭船前一天，我並不知道也沒想搭船，早上醒來，我睜開眼睛躺在床上，然後我突然忘記自己身處何方。綠的睡墊，綠色枕頭，黃條紋被套，白色磁磚地板，原木矮櫃，打開，暗紅毛衣，藍牛仔褲，運動服，帽子，去年的灰塵，上層，泛黑的白襪，花毛襪，空的空間還藏著什麼似的，空氣，味道，關上，加入黑暗，看得見的黑，透明的黑，窗，窗簾，之間透進來的光，軟軟的早晨的光，車聲，天花板，衣櫃鏡子裡，眼睛，嘴巴，鼻子，耳朵，開門，書桌，電視，椅子，冰箱，相片，飲水機，插座，電話，檯燈，烤箱，煙，電腦，時鐘，酒瓶，酒瓶上的影子晃動，吃綜合維他命，開門，刷牙，毛巾，衣架，刮鬍刀，衛生紙，香皂，洗髮精，皺紋，掉毛，背包，出門，鞋櫃，皮鞋，鑰匙，電梯，地下三樓，發車，手排檔，紅綠燈，塞車，回頭，捷運，聯票，扶梯，等待，山洞，地底，人潮，擠壓，快步通行，然後抵達辦公室，發現今天是星期六，根本不用上班。

這是誰？跟任何人有何不同。

坐在附近公園想像自己是誰，竟沒有一棵樹是認得的，走在馬路穿過一整座城市，竟找不到熟識，呼吸的，看見的，聽見的，風塵揚起的，整整十年的時間忘記了自己是誰，那個人的背影帶著寂寞隱身入小巷，永遠沒有機會再見到的那個人搭上公車遠離，永遠背對著背的這座城市，快速改變它的面目躲避鄉愁。

這是誰？跟任何人有何不同。

站在一面牆之前。之前貼的是一張房屋招租，撕下來，打電話，看房子，我們這兒採光不錯，交通便利，晚上很安靜，住下來，認識了情人，情人離去，搬家；站在一面牆之前，之前貼的是一張演出的海報，坐在劇院裡，聽台詞，看表演，鼓掌，獻花，幕落下；站在一面牆之前，之前貼的是一張候選人海報，投我一票，拜託，笑容，群衆運動，喉嚨啞了，街頭靜坐，開票，實況轉播；站在一面牆之前，之前貼的是一張尋人啓事，眼睛，嘴巴，鼻子，耳朵，撕下來，之前還貼著一張，不斷的堆疊，看著不堪負荷的牆終於傾倒。

這是誰？跟任何人有何不同。

逃離，讓足掌不要貼著地面，站在船上，感覺海才有的律動，而船竟開動了，被載往小島，行程中我只望著一個，那就是天空。乾乾淨淨的天空，一無所有的天空，我迷戀著它，正如我迷戀著自己臉上的荒蕪一片，我突然又認識了自己，沒有眼睛沒有鼻子沒有嘴巴沒有耳朵的天空的臉。

下了船，在港口的布告欄貼了一張應徵啓事，工作是守燈塔，我把它記在筆記本上，十年後我回來，沒想到它還有用，我也就成了守燈塔的人。

我所擁有的不算多，幸好，花了十年的時間就把它們全部丟棄，如果不是那一次我不小心坐上了船，我想我會擁有越來越多的東西，直到我再也無力丟棄它們。那是非常繁重的事情，我第一個丟棄的東西是電話，而那不只是電話，還有許多人的名字和它互相通聯，親人，友人，客户，銀行信用卡，甚至是我自己，我在三年後才徹底的忘掉自己所屬



乾乾淨淨的天空，
一無所有的天空。

的電話號碼，一個數字就會花去這麼多的時光，幸好後頭丟東西越來越快，因爲它們是交織在一起的怪物，你砍去了它的雙手後，死亡以等比級數加速摧毀了它，最後殘留下來的只剩下我，我，單一面向，不再延伸，不再有誰能夠證明的身分，我。荒蕪天空，透明的我。

我買了單程的船票，沒有人來到這裡是買單程的，除了死者。

「第一個字是靈魂，第二個字是海洋，第三個字是天空，第四個字是死者。」

# 四　月亮與太陽

每日我睜開雙眼
浪從遠方敲打著鼓聲隨風而至
洗刷我昨日的憂愁
我愛海，我愛風
我愛海洋的風
在雲間堆疊白色靈魂
有時像祖先的軀體
又似船隊的身影
我想擁抱又想逃離

鯨群一路出發，風平浪靜，曙光透出時，大夥的心情也隨之開朗，嬉戲玩水，熱鬧追逐，本當如此的真性情很快的表露無疑。又過幾日，傳說中的龐大船隊根本無有，鯨群漸漸把心情放鬆，快樂遨遊水中。

這當中只有彩虹不開心，她自從與文生認識，對文生就存著好感，偏偏文生當了先頭偵防，游在鯨群隊伍前方好幾十浬，根本不能見面。而文生日昨從死亡的幻影裡活了回來，那眼睛張開第一個看見的便是彩虹，這樣的因緣使他覺得神奇，彷彿彩虹是被派遣來解救他的，來聆聽他的，他雖然遠在鯨群隊伍前面，卻仍不斷的歌唱，他知道彩虹一定聽得到。

「如果你是我愛的請靠近我
聽聽我內心深處更複雜的心跳
那裡有不安的靈魂翻攪
也有沸騰的血液燃燒
如果你是我愛的請靠近我
腦海裡隱藏著的一幅神祕地圖

唯一的目標指向你
曲折的路線，漫長的等待
唯一的目標指向你
如果你是我愛的請靠近我。」

彩虹當然聽見，她很氣，氣文生不體貼她的心情，情歌亂唱，到處宣揚，她也很高興，高興卻也正是文生就這麼磊落坦蕩的表達愛意。矛盾的彩虹心裡頭更加騷動，來來回回，想追上去又不想，想唱情歌又不想，那情感就不知可以擺在何方。彩虹於是就去找母親，希望從母親那兒能得到紓緩，或許母親能讓文生回到鯨群來。

而莉莉由於肩負著領航的重任，又得時時照顧荷比，因而少注意了女兒，更不知彩虹紛擾不安的心，彩虹來到身邊，她並不特別注意關心。

「母親，文生身體受傷，爲何還要指派他當先遣？」

「這是他自願的，而且他應當覺得驕傲，可以作爲鯨群的開路先鋒。」



如果你是我愛的請靠近我，
聽聽我內心深處更複雜的心跳。

「不是這樣……畢竟他身體還未恢復，應該讓他回到鯨群裡來。」

「彩虹，如果照你那樣眞的是侮辱了文生，他不會願意的。」

莉莉拒絕了彩虹，而且把荷比交給彩虹，囑咐她照顧荷比。彩虹聽母親如此的言說，更加的落寞，不過她也知道，如果一隻年輕的鯨不能讓自己的力量去保護鯨群，那眞的是不堪的。可是想到自己的父親奧卡不就因此而喪失了性命，又非常擔憂文生的安全，於是瞞著母親偷偷游離了隊伍，想去前頭找文生。

彩虹帶著荷比加快了速度，可荷比的體力負荷不了，不斷喘息，速度也就慢了，彩虹於是叫他在原地等待鯨群，而自己卻游向前方。

另一邊，白眉自從告別了鯨群，去尋找傳說中的鯨塚，但她一點把握也沒有，甚至連方向都是模糊的。其實鯨塚只是個藉口，畢竟那只是傳說，而白眉之所以離開鯨群，其實是因爲自己已經沒有力氣走完這趟旅程，如果還由她來領航，勢必會耽誤了大夥，但這個原因她不能說，她知道鯨群不會拋下她的。

白眉走的也是東路，但卻靠著陸海交接的淺水緩緩前進。

「我們的靈魂在黑幕裡再次相遇
逝者生者同來歡唱，過去未來
幸福和悲傷的歷史，我們曾經遺忘
但永遠會想起海與陸地
交接的原是生命的因緣。」

白眉感慨的默誦著詩篇，思索著所謂生命的因緣。她想不通，每一隻鯨都是在海中誕生的，詩篇爲何要留下這樣的字句，按照傳說生命的起源是海底的湧泉，這跟陸地有什麼關係，而且陸地根本就上不去呀？就算上得去，去陸地幹嘛？人類就在那裡，不就只有死亡一途？

「好吧！反正我的生命也快走完了，就到陸地上去看看吧！」白眉在心裡對自己說，她浮上水面，朝著岸邊愈加靠近，映入眼簾的海岸山脈不再是灰白光禿，點綴著幾處綠色林樹，慢慢有了青翠。

白眉在淺灘上窺伺了幾次，無有人類的影跡，可是一靠近岸邊，身體變得沉重，要不是藉著幾個浪的力量迴轉，那自己眞的就得擱淺在沙



如果一隻年輕的鯨不能讓自己
的力量去保護鯨群，那眞的是不堪的。

灘，永遠回不了大海。白眉畢竟是老了，經過這樣的折騰，不得不潛入近岸的一處海底洞穴休息，沒想到馬拉哈已經待在那裡。

「老太婆，快過來！」馬拉哈著急的叫著白眉，白眉聽見是他的聲音，趕緊游了過去。

「你怎麼會在這裡？鯨群已經出發好幾天了，你還不趕快跟上去！」

「先不要說話，趕快躲進來！」

白眉藏進了洞穴。

「你擔心什麼，岸邊並沒有人類。」白眉對馬拉哈說。

「你錯了！」馬拉哈語帶警告的說：「我們看不到他們，他們卻知道我們在哪裡。」

「哪有這種事！」

「我不騙你，不然你以爲奧卡是怎麼死的？」

「你說過的，你們遇上大船隊了，不是嗎？」

「是沒錯！可是你想想，只有我們兩個，即使遇上再大的船隊，逃命應該沒問題的……」

「那到底是怎麼回事呢？」

「船隊多寡不是主要因素，我想人類之所以組成這樣巨大的船隊，要對付的並不是我們兩個，而是想捕捉整個鯨群，所以關鍵不是這個……當我與奧卡遇上船隊那天，其實並不是我們發現他們的，而是他們跟蹤我們，這就是我說的，我們看不見他們，他們卻知道我們在哪裡。眞的是這樣，我跟奧卡一發現船隊接近就潛入海中游行躲避，可是不管我們游到哪裡，馬上就會出現另一艘船跟蹤我們，逃也逃不掉。你知道爲什麼嗎？」

白眉想不透。

「這個問題我放在心中已經好久，那天被你們責罵後，我離開，回去找船隊，終於讓我發現了原因。在一路上我回憶著與人類遭遇的情況，我記得奧卡和我由於擔心把船隊引往鯨群，於是故意朝岸邊游去，船隊當然馬上跟上來，接著就開槍了。我們躲了幾回，被船隊衝散，我自己趕緊潛入海底，躲在一處像這裡一樣的洞穴，我抬頭望著船隊的身影，也看見他們把奧卡的身體拉出水面，……不瞞你，當時我很害怕，根本



我們看不到他們，
他們却知道我們在哪裏。

沒有勇氣去救奧卡……然而我卻很幸運躲過了一劫。我想，當時我躲在那裡，他們眞的是找不到，不然以人類的凶狠，一定不會放過我的。於是我就在這裡試了好多次，故意游出這個洞穴，然後很快的船隊就發現我，我趕緊又躲回來，他們就找不到，我雖然不知道爲什麼，但我知道如果鯨群遇上他們也可以用這種方法逃命，否則再怎麼樣還是會被船隊追上的。」

「馬拉哈，這麼說來，這裡也有船隊？」

「任何地方都有，船隊隨時可以布滿海面，只要他們一發現到鯨群，就會追蹤跟來。」

「那你得趕快去通知莉莉他們，告訴他們如何躲避人類。」

「不，我要留在這裡爲奧卡報仇！」

「……馬拉哈，你就聽我這次，鯨群的生存要緊，報仇的事日後再說吧！」

經不起白眉的要求，馬拉哈即刻出發，只是不曉得他能否趕上鯨群，把如鬼魅般的船隊消息傳遞出去。

小荷比被姊姊拋下以後，在原地等了許久卻不見鯨群跟上，荷比等得不耐煩，肚子又餓了，他於是選擇回游，希望能趕快尋著母親。

荷比第一次體會到獨行的自在與恐懼，偌大的海洋讓他又驚又喜。他記得來的時候，彩虹帶著他跟在飛魚群後，於是現在他就頂著飛魚群回走，飛魚遇上荷比，驚慌得四處流竄，小荷比看他們展開翅膀滑翔在水面上，興奮的有樣學樣，他加足速度，一躍而起，身子卻立刻落回水中，拍擊出巨大的浪花。荷比不服氣，試了一次又一次，不但沒有飛起來，而且飛魚群不知何時已經遠離了自己，就這樣荷比失去了行進的方向，迷失在大海中。

對於洋流潮汐變化沒有經驗的荷比而言，海任何地方看來都是一樣的，不管他如何試著摸索出一點鯨群的所在位置，但他似乎離的越來越遠，原本自在的海洋如今卻困住了他，他只能毫無頭緒拚命的向前。他不知道判斷水色深淺，不知道季節的早晚風向，更不知道自己正一步一步接近危險邊緣。

天色已黃昏，荷比看見遠遠的一座小島，卻以爲那是自己的同伴，



荷比第一次體會到獨行的自在與恐懼，
偌大的海洋讓他又驚又喜。

趕緊加速追往，等到他分辨出那是一座小島，船隊已經發現了他。可笑的是，荷比並不感到懼怕，即使他聽過許多有關鯨群被船隊屠殺的故事，但無知的他並不清楚船隊長得什麼樣子，而且從海底下往上看，船的影子就如自己的同伴，荷比興奮的游向船隊。怪的是，荷比越游越接近，可是並沒有遭遇攻擊，於是他大膽的浮出水面，就在這一瞬間，荷比還不曉得發生什麼事，一張巨大的網已將他包圍，荷比想逃都來不及，身體被漁網拖著，被漁船帶進了漁港。

漁港內，荷比第一次見到母親常向他形容的所謂的「人類」，他們在堤岸上圍觀，荷比膽怯的望著他們。漁船開進內港，那裡的水中有一處圍起的欄柵，荷比被關了進去，馬上來了另一批人對著他指指點點，荷比不知道他們要如何對待自己，而那些恐怖屠殺的畫面此刻清楚的浮現腦海，荷比心生驚慌，身體快速的衝撞圍欄，可是他的力氣太小了，圍欄絲毫不動，反而自己卻是疼痛萬般，只好放棄掙扎。幸好，人類似乎還算友善，並沒有傳說中的拿魚槍射向自己，荷比漸漸安靜下來，心中祈禱鯨群能夠趕快來解救自己。

深夜裡，人類已經離去，荷比漸漸恢復鎮定，仔細的檢查圍欄，但找了幾遍沒有發現缺口，卻發現奇怪的影像。

在荷比被關的內港中，靠岸的牆上，一面巨大的螢光幕裡竟然關著另一隻鯨，荷比慢慢的靠近他，但是他彷彿沒有看見荷比接近，靜靜的停在那裡。荷比用頭頂了幾次，他還是不為所動。荷比才要游走，螢光幕裡的鯨卻動了，而且憂鬱的唱著歌。

「我看見的美好世界即將沉沒
但誰能聽到我發出的預告
人類沉醉在他自己的黑暗中
且在黑暗中醞釀激烈的暴動
火球落入水中燒涸整座海洋
多麼可惜啊！人類
聽不懂我的嘆息
封存我被當作狂言嘲笑的警語
我將死亡，而我的孩子才要誕生

我將死亡，他會聽不見我的歌聲
奧卡啊！你唱了一輩子
遺言卻沒有同伴聆聽。」

荷比雖然不知道螢光幕裡的鯨歌唱的意思，但當他聽到最後幾句，不由得全身戰慄，難道這影像竟是自己未曾謀面的父親，他自稱是奧卡，而他的聲音是那麼清清楚楚的印烙在荷比的心裡，可是荷比說不出話來，只能搖動著身體，希望引起他的注意。

荷比並不知道螢光幕裡的鯨只是虛幻的影像，只覺得他離自己好遠好遠，身影縮得很小，荷比拚命想游近他，卻被厚重透明的玻璃牆給阻擋，試了幾次，漸漸絕望。

「荷比，荷比，是我！」荷比正在發呆，聽見叫他名字，回頭看見，卻是馬拉哈。

原來馬拉哈聽從白眉，趕往鯨群隊伍，途中發現荷比被捕，直等到夜深人類離去，才敢游入內港，爲得搭救荷比。

「嗨！嗨！」荷比看見是馬拉哈，興奮的叫。



我看見的美好世界即將沉沒，
但誰能聽到我發出的預告。

「安靜點，荷比！避開一下，看我來把圍欄撞斷！」

馬拉哈才要撞，卻聽見人類的腳步聲，趕緊又游出了內港。

堤岸上一個小小的身影走動，荷比偷偷的望著他，卻見他啟動圍欄活動的關卡，不久一個大大的開口出現在荷比面前，那小小的身影還向荷比招手，指著開口，荷比一看大好機會，趕快游出圍欄。圍欄重新又被關上。

馬拉哈著急的在外港等待，一會兒，卻見荷比游了出來，不覺又驚又喜。

「你如何逃出來的？」馬拉哈詢問。

「唔唔唔！」荷比還是只會唔唔唔，頭搖向內港，馬拉哈也不知他是何意思。

「荷比，快點跟我來吧！」

馬拉哈帶著荷比急忙游出了漁港，奔往廣闊的大海。

第四個守燈塔的老者說了一個死者的故事。

「死者在何方？」

「死者堆疊在你腳踩的土地上。」

「我沒有看見他們。」

「你看到的一切沙土塵泥，形狀，顏色，都是他們的化身，所有的生命加起來凸顯著我們的，都是死者所爲。」

那一天下午時光，把小島逛了一遍，什麼都沒看到，只有看到死者，還有死者的臉，墓碑。

碑文：這裡埋葬的是個偉人，他的銅像曾經矗立在島上各個角落。

小島就這麼大，銅像由一尊增加到十尊百尊，那不是因爲偉大，是因爲貪得無饜。最後銅像超過小島的人口，平均每五步就擺了一尊，每尊都是不同造型不同臉孔，端看年代而定，有騎馬的，有射箭姿態的，有半身的，也有全身的。這些銅像代表小島被征服的歷史。可笑與可怕的是，即使是這麼一座小島也陷入永無止境的政治爭鬥中，數度易主。唯一沒有改變的是島上的住民，他們一代更經一代，不管島上的旗幟重



馬拉哈帶著荷比急忙游出了漁港，
奔往廣濶的大海。

新換過，他們的生活永遠是扮演奴隸的角色。

島上住民只有兩種工作，其一是捕魚，其二是挖掘。捕魚是可以理解的，四面環海的小島，傳統的就是捕魚維生，如今捕魚仍在進行，只不過不是他們自己來享用這些漁獲，他們只是受雇於捕魚公司的大船替人家捕魚，而後捕魚公司把漁獲載往遠方大島販賣獲利。夜晚時聽到的爆炸聲就是捕魚來的，船公司用火藥炸魚，有時還可以看見像閃電一樣的火光在黑夜裡露出猙獰的面目。

至於第二項工作挖掘，挖掘什麼呢？直至目前無人得知。這項工作從什麼時候開始的呢？一樣失去了記載。這是一項多麼荒謬的行事，不斷的朝地下挖掘，然後不知爲何目的，然而卻一直没有任何一個統治者去阻止它。日復一日，年復一年，統治者雇工島上的住民，在島的另一端進行這件工程。據口語的傳述，這個往下挖的地洞，深到無法丈量，早晨由洞口入內構築工事的工人需要携帶三日的食糧，以一天的時間抵達洞的底部，工作一天後，再花一天的時間爬出洞來，整整三天。

洞已經停止挖掘了，倒不是出現了所謂的明智的統治者，而是接連一個月，鑽進洞內的工人，不曉得由於什麼原因都沒有再鑽出來過，一個都沒有。

這樣的事情發生，剛好跟島上銅像開始被砍去頭部同一時間進行。應該是巧合吧！也沒有人多做推想，但的確，當第一個銅像被不知的原因砍去了頭部以後，一個月之內，島上的銅像也都失去了頭顱，不知是誰幹的，也不知那些頭顱的下落。

然後，整個島上，布滿了沒有頭顱的銅像，偶爾有一隻海鳥停在銅像上，飛走了，連帶也把銅像携走。現在島內連一座銅像也沒有，就是被海鳥帶走的。不要問誰真的看過這事，這事的確發生過，不然碑文不會如此記載。

然後記錄另一個墓碑。

碑文：明天以後，這個人將會復活。

島上開始瘋狂追求永生是很久以後的事。初始，所有的生命都會死，人當然無可例外。既然如此，死的力量並不會造成恐懼，反而帶來一種欣然，因爲一切都當有個結束，短如流星劃過天際，長如一棵矗立小島懸崖上的古木。

到底是誰最先不想死的呢？是誰將死亡變成哭鬧哀傷的事呢？當然是唯一死後復活的那個人代表的一切。怎麼相信他是真的呢？這件事同樣一直沒有得到證實，然而也像挖洞的事一樣被人相信著，甚至擺布了後來的人，還要付出生命去挖掘它。死亡至此變成一種威權，它恐嚇，它引誘，而人們則以生命付出了代價，卻終究逃不過死亡。再怎麼努力想獲得永生的人，下場都是一樣。

那第一個已經鑄下的錯誤，後繼者不計其數，多少的宣稱都說死後要復活，於是信他的，都在墓碑上刻著這句話：**明天這個人將要復活**。島上多數墓碑上的碑文，就被這麼粗魯的字句佔據了。怎麼可以有人將死亡納爲己有的呢？而怎麼還有相信的呢？這一個比銅像還恐怖的，甚至不只對土地橫徵暴斂，連人心都不放過呢！

然後記錄另一個墓碑，那上頭空白一片，一個字也沒有。

你知道爲什麼嗎？那是守燈塔的人的墓碑。

我守這座燈塔已經二十年了，有人守了一天就待不下去，連夜逃開，最長的總共守了六十七年零五天，那個人就死在燈塔的窗下，眼睛望著海，那姿勢似乎還不肯走，還要繼續守下去。

我的眼睛雖然看不見，但是島上發生的事沒有比我更清楚的了，我現在牽你的手上燈塔，將來你不一定要接續我守燈塔的工作，畢竟我也是恰巧搭了一艘船來到這裡，才開始守燈塔的工作。這是一件非常任性的工作，除了我講給你聽的事，沒有其他的可以取悅你。而這些故事是一代一代的傳布，累積的分量是你一輩子也聽不完的。我不知自己還能守燈塔守幾年，因爲我來的時候已經四十歲了，我很可惜自己沒有早一點來到，不然我的故事還可以聽得更多。等我死後，我也希望埋在小島上，墓碑上也不要刻上任何文字，就是那一片空空白白的樣子，我覺得那很好。

如果你真的接下我的工作，記得我交代的這些事，一定不要在我墓碑上寫下任何字句，連名字都不行。不過，我看你是不會留下來的，等你長大，你會被遠方所吸引，你會忘記你所聽過的一切，甚至連燈塔你都不會再見到一次。



我的眼睛雖然看不見，但是島上發生的事沒有比我更清楚的了。

「第一個字是靈魂，第二個字是海洋，第三個字是天空，第四個字是死者，第五個字是遠方。」

# 五 自由的海洋

海　昨日的海　寂寞的海　熱情的海
海　憤怒的海　瀟灑的海　安靜的海
海　冰冷的海　沸騰的海　渴望的海
海　美麗的海　等待的海　失望的海
海　飛鳥的海　游魚的海　晚風的海
海所有一切　海
無可避免的起伏不安
一波接著一波，浪簇擁著浪
但那是　自由
海

那彩虹丟下了荷比，並不知道荷比因此迷途，她只一心想去見文生。說來不能責怪彩虹，她並未體驗過眞正的危險，所以才鬆懈了心，況且鯨群應該隨後就到，哪裡知道會出差錯。

彩虹循著文生的歌聲追游，可是當她看見文生的身影就在前方時反而猶豫了，她默默的跟在後頭許久，卻始終沒有勇氣靠近文生。一天一夜彩虹就和文生保持著同樣的距離，不敢太近怕他發現，不敢太遠怕失去他的蹤影。依照彩虹的個性，她遇上事從來沒有這樣猶豫不定，忐忑不安，偏偏文生還是不斷的歌唱，使她的心就一直懸滾在上下起伏的波浪中。

「孤獨緊隨著寂寞
寂寞在深藍的水中　尋找
孤獨
孤獨緊隨著寂寞。」

彩虹聽了一天一夜文生的歌唱，終於忍不住的應答。

「我緊隨著你

你在深藍的水中　尋找

我

我緊隨著你。」

才忍不住把自己的形單影隻透露，彩虹卻莫名的緊張，根本不敢面對文生，趕緊轉頭游走。文生聽見細微的歌聲，回頭什麼也沒有，四下找了一遍，以爲是個錯覺，更加慨嘆。

「若是你來　在我面前

我會有最快樂最快樂

若是沒來　在我夢中

我會有最思念最思念

若在夢中　與我相見

我會有最美麗最美麗

而最終最終會留下來的是詩



若是你來　在我面前，

我會有最快樂最快樂。

不是我　這一刻
你將爲我的詩感動
因爲最終最終會留下來的
不是你　而是我們的
相遇。」

文生的歌透露著一種堅定，把彩虹又給喚了回來。彩虹相信，那深深藏著的彼此的靈魂，的確在相遇的那一刻，已經互相彼此注視過了。

文生的歌，不只是確認，而是像漩渦一樣，要把自己捲進去一起陷入狂烈的旋轉舞蹈中！要不要回答呢？要如何回答呢？還是讓他喃喃的獨白？讓自己默默的低語？竟然是那麼難以決定啊！

「我在黑暗中凝望著凝望
你在遠方裡等待著等待
如今我見到你了
我仍在黑暗
你仍在等待

如今你也見到我了
你還會去遠方嗎？
我還要再凝望嗎？」

彩虹的歌透露著一種決定。在文生確認的歌聲之後，她相信。那麼相信，相信，相信到恐怕跟隨。然而必須去面對，必須去注視，必須去碰撞，必須去摩擦，必須再次相遇。

彩虹迎上前去。

那一整座海洋也將爲愛情而溫柔沉默，水是那麼的清涼透澈，滑動的翅膀震動著心的波動，文生見到彩虹。

那默默的注視，微笑，繞圈，兩個漩渦合聚，深深捲入，愛情的語沫晶瑩透明在水中緩緩的上升。

沉默是最好的初戀語言，兩隻鯨有時並肩，有時相隨，有時輕輕的碰觸又害羞的逃開。文生和彩虹，彩虹和文生，他們知道這趟航程將不再會孤單。

「我得回去了。」彩虹說這話已經說了第六次了。



我在黑暗中凝望著凝望，
你在遠方裡等待著等待。

第一次是試探。海偷偷的微笑。

第二次是表明。海豎耳傾聽。

第三次是姿態。海睜一隻眼閉一隻眼。

第四次是慌亂。海搖搖頭。

第五次是撒嬌。海不慌不忙。

「我得回去了。」第六次是時間的催趕，彩虹不得不走了。

「下次你來，別再躲藏了。」

「是你自己眼睛不夠清楚，耳朵不夠靈精。」

「至少我的歌聲夠深夠遠——」文生還未說完，海面卻起了變化。

遠遠的，一艘船陣陣的頻動敲擊，隨著海水傳遞驚刺文生的肌膚。

「船隊出現了。」

「真的嗎？我要去找它們！」彩虹探出水面，卻不見船的影蹤。

「它們大概在十浬遠的地方，還看不到，」文生也探出頭來，「你趕快回去通知，我隨後就來。」

「你先回去，我才不怕。」

「我這樣是失了責任，而且我不會讓你去的！」文生突然嚴肅了語調：「現在不是爭強復仇的時候，白眉老鯨的話難道你要違背！」

「那我們一起回去。」

「我要去探探虛實，得把握時間。」文生不待彩虹爭辯，轉身朝著前方游去。彩虹也趕緊回頭，尋找鯨群。

彩虹匆匆忙忙回到鯨群，把船隊的消息告訴母親，莉莉馬上叫大家停止前進，不久文生回來，他向大家說明，這次的船隊只有三艘，而且看起來不似以往見過的船。

「那我們不用怕，繼續前進吧！」

「還是避開好了，誰知道人類又有什麼新花樣！」

大夥你一言我一語吵成一團，就等著莉莉決定。

「船隊行進的方向速度如何？」莉莉問文生。

「這三艘船很奇怪，似乎是靜止不動的，好像在等待什麼，並未朝我們而來。」

「它們帶著武器嗎？」

「我不知道，它們的樣子很奇怪，以前沒看過，我接近它們的時候，連一個人類也沒有。」

莉莉沉默著。

「原本是應該休息了，但我想大家還是往西邊去，躲開人類，等船離開，再繼續前進。」莉莉指揮大家轉向，鯨群靜默的潛行。

等到了一處平靜海域，天色也暗了下來，鯨群派出守護，稍稍放鬆心情。此時莉莉才發現不見荷比。

「荷比呢？荷比在哪裡？」莉莉詢問彩虹：「他怎麼沒跟著你？」

「你們沒有遇見他嗎？」彩虹說。

「我不是要你照顧荷比，他應該跟著你的。」

「……許多天以前，我要他等你們……」

「到底是怎麼回事？」

彩虹把經過說了一遍，確定荷比早在幾天前就失蹤了，不禁擔心的哭了起來，莉莉想罵她也不是，一顆心內外煎熬。

「我去找他。」文生說完就要去找，卻被莉莉給叫住。

「文生，現在情況未明，我們不應該亂了隊伍，明天等船隊離開，再做新的打算。」莉莉絕望的說著。

大夥面對變故，一時之間心情沉重了起來，猜想著幼小的荷比不免凶多吉少，才在心裡默默祈禱，卻聽見稚嫩熟悉的嗓音從海的一邊傳過來，「哞——」。

黑暗中，馬拉哈攜著荷比，慢慢的游了過來。

●　●　●

第五個守燈塔的老者說了一個遠方的故事。

「遠方長得什麼樣子？」

「遠方一直就是霧濛濛的狀態，那眞的是看不見聽不到的。」

「可以觸摸它嗎？」

「不知道。這樣說好了，小島以外有另一個島，另一個島外又有另外的島，一直推去，無限延伸的島。遠方就是這樣，遠方之外還有遠方。怎麼說能夠觸摸它呢？或許眞的有誰曾經觸摸到了。」

站在燈塔頂端望去的確只是一片霧濛濛，而當初的遠方現在就在腳底下，而現在已經不能稱它作遠方了。以前所期盼的未來之點，把它稱作遠方，現在相反，過去之地變成遠方。遠方已經不能無限延伸，因爲没有未來了，當親手埋葬完守燈塔的老人，這樣的感觸日益加深。或許只有死去的，才能抵達眞正的遠方，無人可以碰觸。

海鳥寂寞的飛進雲霧中，牠將斷了頭顱的身軀携往遠方。

被携帶的身軀來到過去之地，還能記得什麼？走在狹窄的街衢中，擠滿斷了頭的身軀，看不見彼此，聽不見彼此，這哀傷之地，他人就貼緊著他人卻毫無感知，他人就是遠方。他人滿布的城市。

有一件事需要被標記的，如果這座他人的城市要張揚它曾經存在過，所有的鋼筋水泥並不能代表什麼，那些只是終將成爲時光中的灰塵。

曾經有個人，不知是爲了懺悔或是自虐或是表演，開始進行一項挑戰。這項挑戰曾經記載於經書，但沒有誰真正嘗試過，這個人決定來完成它。

經書裡提到的試煉，是要一個人持續的站立五天，在這段時間內不能躺，不能坐，也不能說一句話；最多就是可以喝水吃東西，手上倚靠握住一根垂下的粗繩，一直站立，站立到倒下或五天期滿爲止。

這人在廣場上開始了挑戰，他把自己關在一個巨大的鐵籠裡，鐵籠頂上正中央垂下了一根粗繩，底下還擺了一張桌子，桌子上置放著紙筆。然後他站在那裡，一句話不說。

第一天，他被當作是裝置藝術所做的展覽，沒有多少他人去注意關心。即使這樣，他仍舊繼續挑戰，從日出到日落，又從日落到日出，他一直站立著。喝了兩瓶水，吃了三次麵包，紙和筆都沒有用到。

第二天才開始，他看起來已經不行了，雙腳顫抖著，甚至不時的抽筋，但他沒有放棄。歷經昨夜一晚無眠，眼球布滿了血絲，下巴冒出了鬍鬚，憔悴了許多。開始有他人注意到了，卻是個警察。警察在鐵籠四周繞了幾圈，確定並無有趣味也就離去。再來的他人也是如此，看了一眼，罵了句什麼，無肯逗留。要不是這個人使盡力氣自胸腹中嚎叫出聲，恐怕孤單夜晚又要靜靜的過。

他吼了那麼一聲，鐵籠四周圍馬上聚滿了他人。並不是故意要吼叫的，是吼叫自然發生的，當然也帶來了紓緩痛苦的效果。他人議論紛紛，不知他的舉動所要爲何，頻頻相問，卻得不到回答。

他面帶微笑看著衆人，轉身提起桌上的筆，在白紙上寫了起來。

「第一個字是」寫了短短的五個字，他的腳又抽筋了，不得不趕緊握住繩索以免身體倒下。他用單隻腳站立著，把寫字的紙拿給圍觀的群衆。

「第一個字是什麼?」群衆問他。他微笑不語。爲了等待答案，許多人陪他過夜。

直到第三天群衆仍沒有得到他的回答。圍觀的人越來越多，他也更加的憔悴。腳很明顯的浮腫，嘴唇脱皮了，手心由於緊抓著粗繩，磨出了血漬。衆人已經不期待那個問題的答案，轉而想知道他爲什麼站在這裡。

幻影開始出現，他覺得浮在他眼前的一切都變得異常陌生。人群穿的衣服，變成一塊塊不同的顏色，時而單獨存在，時而混在一塊。臉孔也模糊了，漸漸變得不像是人，明明是人卻不像是人。在群衆後方的城市扭曲了起來，他暈眩就要倒下，但緊吸一口氣，兩隻手趕緊抓住繩子，血滴了下來。

電視採訪車來了，記者代替群衆問他。

「你的目的是什麼？」

「你是不是失戀了？」

「你想死嗎？」

他仍舊以微笑做回應。透過電視轉播，全城的人都知道了這件事，也認識了他。來到鐵籠旁邊的人越來越多。這一天他聽到各種聲音，有大多數是幻聽，然而他卻越來越清醒，甚至已經擺脱睡眠的糾纏。

第四天清晨氣候變冷，這個人全身發抖，陪在他身旁的人明顯少了許多。昨夜電視報導，記者説這項舉動是瘋子的行爲，要不就是耍噱頭，他聽到圍觀的人這麼説。他又重新提起紙筆，專心的寫字。



人都走光了，
他却不再寂寞。

「第一個字是靈魂。」他把寫的紙條傳給圍觀的人。
「第二個字是海洋。」他把寫的紙條傳給圍觀的人。
「第三個字是天空。」「第四個字是死者。」他把這些一一傳給圍觀的人。然後人群一陣靜默，根本不懂他的意思。
「第五個字是遠方。」他寫完最後這些字，停筆不寫了。
他不寫了，因爲遠方的一座小島正逐漸消失中。而這座城市的人，永遠也不會曉得，小島之所以消失，他們要負最大的責任。他們因爲不懂，所以不會反省，或許他們懂，但他們懶得反省。
他就這樣一直站著，第五天了，他閉著眼睛一動也不動。人潮退去了，電視不轉播了，沒有人去追究他所寫的那些字，他的一切作爲果真變得像個瘋子的笑話。然而他並不感寂寞，很奇怪的，人都走光了，他卻不再寂寞。他想，大概是因爲人多了，才有寂寞吧？
他張開眼睛，很長的一段時間，他只看到一片霧濛濛。起先他以爲是自己的眼睛出了問題，可是他看看自己的手腳都還在，知道眼睛還是好的。可是眼前仍是霧濛濛的，城市消失了，鐵籠也消失了，最悲傷的，在別人眼中他才是消失了。

他想到老人曾經說他會去遠方，果真他來了，而遠方的確是無法觸摸得到的。

第五個守燈塔的人牽著小男孩的手站在燈塔頂上一動也不動。

「第一個字是靈魂，第二個字是海洋，第三個字是天空，第四個字是死者，第五個字是遠方，第六個字是消失。」

我眺望著遠方
而你一直在我身旁
對我訴說：
「萬物都是詩藝，空氣
水，土地，看得見的
看不見的都是詩藝。」
而當我流浪到遠方，千里外
在布滿驚雷的海上回首
你細細的言語仍在耳邊
回響：
「萬物皆有情
無處不自在。」
你說的我至今才明白

自從馬拉哈離去，白眉老鯨獨自洄游小島四周搜尋未果，只得依著海岸線轉往他處。詩篇裡頭提到的陸海交接處，到底隱藏著什麼祕密？她一邊沉思一邊已經來到了關閉荷比的漁港的外海，白眉觀察等待，確定港內只有幾名釣客眼神專注的盯著魚竿上的夜光棒，於是大膽的游入港內。

港內異常寧靜，海水拍打著堤岸發出唰唰的聲響。天空特別漆黑，只露出了月芽兒和幾點星光。如果把釣魚的人撤走，把燈塔撤走，把內港的圍欄撤走，把所有可以見到的人爲之物撤走，只剩下這片海和海岸，會發現什麼呢？白眉心裡頭這麼想。不，我自己也應該撤走。那這裡將會是什麼樣呢？人該往哪裡去呢？我又該撤到哪裡呢？那最初的開始到底是怎麼回事，光靠海水拍擊海岸眞能創造生命嗎？爲什麼當我每次遇到人類總是覺得又喜又懼呢？這一大堆疑問都不是白眉或坐在岸上釣魚的人可以解答的。

突然的，圍欄裡的巨大螢光幕上又播出了影像，白眉一驚正想趕快離去，卻聽見了是奧卡的聲音。這是怎麼一回事，難道奧卡還活著？白眉來回搜尋，就是只聽見聲音，卻始終不見奧卡。

「我看見的美好世界即將改變
往昔那些，譬如
良善，親密，信任，和平
譬如風中擁抱和雪中的親吻
都被屠殺殆盡……」

的確是奧卡的聲音沒錯，可是他爲何變得如此悲觀！

「我看見的美好世界即將滅亡
可惜人類聽不懂我的話語
被捕的第一天，我向他們提醒
我的憤怒與絕望　他們不懂
海洋爲什麼越來越混濁
天空爲什麼越來越陰暗



海洋爲什麼越來越混濁，
天空爲什麼越來越陰暗。

我們彼此爲什麼那樣遙遠
他們看不懂星星萎縮了
他們聽不懂風的喘息
他們感覺不到愛的距離
多麼可惜啊　人類不懂
不懂他們來自哪裡
不懂他們往何處去
不懂我們的命運同在一起。」

奧卡的聲音斷斷續續，白眉終於發現，原來他躲在圍欄後的螢光幕裡，於是便游進了敞開的圍欄，試圖接近奧卡。可是那只是一片冰冷的玻璃幕，白眉挨得再近，仍碰觸不到奧卡的體溫。奧卡看起來疲憊異常，一動也不動，白眉呼喊他的名字，可是不見他回應。白眉一下子不能明白，這也是人類的把戲之一，她不知道這只是人類錄下的虛幻影像與聲音。不過，一會兒她就完全弄明白了。

在流傳的傳說中，人類的確發明了許多玩藝用來戲弄鯨群，不過這些製造影像與聲音的東西白眉還是第一次見到。不管如何，奧卡臨死前所唱的這些歌，的確透露出災難即將來臨，只是到底是什麼，白眉也猜不透。白眉停留了一會兒，直到奧卡的聲音停歇，轉身正要游出，卻發現圍欄的入口已被封堵起來。白眉在內心嘲笑，這麼薄弱的欄杆竟想困住海中的王，人類也太自不量力了吧！她不慌不忙，頭仍朝前游去，似乎視圍欄爲無物，然而等到她尚未碰觸到那些欄杆，她就發現不對，欄杆上已經通了電流，才想轉身，皮膚觸到欄杆，隨即一陣炙痛，痛入內心。

白眉被困了。

荷比被馬拉哈帶回鯨群，大夥精神爲之一振，休息過後，又要前進。偵防的鯨回來說，船仍未駛離，而且似乎一步一步慢慢靠近鯨群，大夥只得又移往別處，不想跟人類正面衝突。整個晚上，船隊總是這般形影不離，鯨群們根本無法得到眞正的歇息。大夥也奇怪，爲什麼人類會這樣跟蹤，而且總是知道鯨群游動的方向，每次才移開沒多久，船又跟了上來。

「我去引開他們好了。」文生說。

「先別急，我們聽聽馬拉哈有什麼意見。」莉莉阻止了文生。

馬拉哈也該得意，自從他把荷比救回來，原本跟他有著衝突的彩虹與莉莉，似乎不再敵視他，重新把他歸入鯨群一員一樣對待。懶鯨馬拉哈不再是懶鯨，而是冒險救難的英雄。而的確，馬拉哈的消息是最該聽的，因爲他接觸人類的經驗最多，甚至聽得懂人類的語言。

馬拉哈對鯨群說，人類之所以能夠一直跟蹤我們，是因爲他們由我們這裡學得一項技巧，他們的船上裝載著儀器，就像我們頭裡面的大腦感應，即使在黑暗中也能感受到對方的存在與訊息。聽完馬拉哈說的，大夥似懂非懂，都覺得馬拉哈在賣弄。馬拉哈接著又說，人類並非都是要來屠殺鯨群的，船隊也是有善意惡意的區分，不過不管人類爲了什麼目的接近鯨群，他們帶來的永遠是災難，這些災難人類可能自己都不知道，雖然他們心裡是善良的。鯨群唯一生存下去的條件就是遠離人類。

「只有一個方法可以躲避人類的偵查，那就是尋找海底洞穴躲進去，如此他們的儀器就找不到我們，然後等他們離開，我們再繼續前進。」

馬拉哈說完，鯨群一陣錯愕，紛表反對。

「哪有那麼大的海底洞穴？你說了不是等於沒說。」

「萬一人類還是不走開呢？我們不要呼吸嗎？」

「海這麼大，爲什麼要躲躲藏藏的！」

莉莉見鯨群絕不同意退縮，但夜裡又不好貿然前進，只好暫時在原地停留。鯨群加強防衛，等明日再做打算。

天才亮，濃霧籠罩著海面，第一顆氣泡從海水中冒出來，破裂的氣流騷動著霧。荷比探出了頭來，他靈活的伸直著身體垂直的立在海面上，霧輕觸他的肌膚隨即化融散去，立刻又有在旁的霧補進來，將他包裹住。荷比樂此不疲，玩了一會兒，突然的，濃霧裂開，一艘小船慢慢的划了過來。荷比睜大眼睛看得很清楚，船上站著兩個人類，看見他時也是把眼睛睜得大大的，然後當中一個人把一具紅色的物品拋向荷比身上，荷比一驚趕緊躲藏，但還是被那東西擊中了背。荷比以爲自己會受傷，可是等到他恢復鎮靜，卻發現是虛驚一場。那並不是來攻擊的船。

荷比趕緊游回鯨群。

「荷比，你又亂跑了，」彩虹看見荷比回來，責備他：「別那麼貪玩，船還在附近呢！」

荷比低下頭來，知道自己又惹人生氣。

「你帶回來什麼東西？」彩虹看著荷比的背。

荷比搖頭。

「你剛剛去哪裡了，背上爲什麼有這個？」

原來剛剛人類丟在荷比身上的紅色器品還在，緊緊的吸住荷比的背肌。

鯨群漸漸靠攏過來，都看著這神祕的物品，於是又去問馬拉哈。馬拉哈左看右看，可是連他都沒見過。

「會痛嗎？荷比。」馬拉哈問，荷比搖頭。

「你是不是遇見人類了？」荷比點頭。

「這是人類的東西。」馬拉哈說：「趕快把它移開！」

荷比用力的甩身體，可是那東西仍舊黏在身上，如何也甩不開。文生和彩虹也來幫忙，用自己的身體去頂，可是那物品還是緊緊的吸住，荷比被頂得唉唉喊痛。看來若是要除去荷比身上的紅色物品，那除非是把荷比身上的一塊肉連帶給拔去，可是這樣一來荷比非得受傷不可。大夥知道荷比身軀弱小經不起這番折磨，只得放棄。幸虧那物品看起來並不邪惡，而且對荷比沒有造成傷害。然而馬拉哈還是搖頭，直說人類的東西碰不得。

「馬拉哈，你也太緊張了，這小東西能夠怎樣，別理它不就好了！」

「是你們不聽我的警告，到時候別怪我沒提醒……」

鯨群急著出發，這件事也就當作是旅途中的小插曲，無人再去談論理會。

海面上的霧似乎是越來越濃了，並無褪去的跡象。鯨群浮上水面，整隊劃分。文生依舊自願走在前頭，彩虹堅持跟隨在文生身旁，大夥見彩虹如此明白的表示，知道彩虹已經找到了自己的伴侶，紛紛祝福。

莉莉把彩虹與文生叫到身邊，她明白彩虹的心情，只是提醒難免。

「你們能夠找到彼此，那是海洋給的最大禮物，希望你們要好好珍惜。」

彩虹和文生點頭答應。

「此去路途漫長，你們要互相照顧互相扶持，如此再大的風浪都擊不倒你們。帶著我們的祝福，也帶著我們的叮嚀出發吧！」

莉莉說完，彩虹和文生先游，鯨群隨後跟著，新的旅程展開。

● ● ●

第六個守燈塔的老者說了一個消失的故事。

「什麼東西消失了？」

「消失的東西無法再去形容。」

「那如何證明它的消失呢？」

「消失的會借助存在的來證明。」

「那麼將永遠不會有消失的。」

「不，當所有存在的都消失了，消失就存在了。」

永遠都會記得那隻鹿的眼神，牠那樣看著我，用無辜期待的目光盯著逐漸暗去的世界。

我守這座燈塔已經五十年了，當然發生過許多事，但我的腦子已經不太靈光，有時候自己都分不清楚，這些事到底真的發生過，還是我幻想出來的。有一回巨浪甚至打上了燈塔，但連這樣的事我都不知道是真是假。

還有一回深夜，望見離岸邊五海浬處，一艘船發射出求救的燈號，那時島上的人大概都已經睡入夢中，我便趕緊划動排筏去救人，在黑漆漆的海面上接近死亡格外恐怖，尤其那求救的燈號漸漸微弱，終致熄滅，等我到達時那艘船已經沉入了海中。過了一會兒，你知道發生什麼事嗎？你一定以爲是我的想像，但我的確聽到，聽到黑暗中的海上傳來嬰兒的哭聲。你不能想像對不對？你今天來採訪我，知道守燈塔的工作是相當寂寞無聊的，一定以爲我編這樣的故事來娛樂自己，但你剛剛有看到一個小孩吧！他就是在海上哭泣的嬰兒。他被綁在一圈大的輪胎上，漂浮在海面，是我用排筏把他載回小島的。



牠那樣看著我，
用無辜期待的目光盯著逐漸暗去的世界。

還有許多這樣的故事存在我的心中，但我真的想告訴你的事跟海跟燈塔都無關。我要說的記憶最深刻的是，一隻鹿的眼神。

我剛到小島的時候，經常可以看見鹿成群結隊在海與山脈之間的狹小平原綠地上散步，牠們總是用晶瑩亮麗的大眼睛看著過往的人。那是世界上最安詳的一刻，我說的是當鹿看見你，但牠還不懂得逃開的那段歲月。我猜這裡的鹿之所以不怕生人，是因爲牠們看人的時候並不帶有偏見。你會問，鹿也會有偏見嗎？我當然不曉得，不過，我確知人的偏見把牠們都毀了。

你偶爾來到小島做這份研究報告，你怎麼懂得居住在此地已經千年萬年的鹿呢？可是今天你已經無法去了解了，你來這些日子，你看過鹿嗎？沒有了，鹿群已經不見了。

最後一隻鹿死在十年前。

我曾經跟這個小島上的原住民學過鹿語，不是開玩笑，真的是鹿講的話。那時小島上剩下的住民並不多，總共只有四十八名。在這不到五十名的人數中，卻保留了有二十三種語言。他們有的能和鹿說話，有的能和樹溝通，有的能跟鯨合唱歌曲，甚至可以和海浪與風聲對話。

你看起來好像不太相信的樣子，這聽起來對你是不是太深奧了？我不是編故事騙你，你知道我救起來的那個孩子嗎？就是你剛剛看到的那個，他是個我們所謂的聾子，可是他每天都會把耳朵貼在地上，然後露出很滿足的笑容，你怎麼知道他會不會只是對人類而言才是聾子，而對其他而言他聽得可清楚呢？是不是這樣，人對人的接收頻率是有限制的，我們不能把那些聽不到或聽不懂人類語言的叫作聾子。或許更進一步說，那些只聽得懂人的語言的，多可惜啊！一輩子就只能孤獨的聆聽唯一單種的曲調。

我要說的是，其實所有的非屬於人的語言都是可以學習的，就看你願不願意「放下」身段。我跟其中之一的住民學的就是鹿的語言。據原來的住民所說，鹿的語言是最容易學的，而最難學的是關於黑夜星空的語言。原本我就是爲了打發時間學的，所以我想挑一個最難的，可是關於黑夜星空的語言已經失傳了，連住民都一知半解，所以他們勸我學最簡單的鹿語。



鹿的語言是最容易學的，
而最難學的是關於黑夜星空的語言。

整個學習過程中充滿了樂趣。我忘了告訴你，雖然我們另外一些人很早就來到島上與住民接觸過了，但那麼長的一段時間，住民始終沒有認真學習我們的語言文字，我不知道確切的理由是什麼，但在學鹿語的過程中問過他們，他們說我們所使用的語言太過華麗，找不到重點。我試著和他們交換幾個單字，我告訴他們「愛」這個字，解釋了半天，透過稍懂我們語言的住民解釋給他們聽。我說愛，愛是良善美好的感情，愛是付出與犧牲，愛是世界上最美的語言，愛是父母對小孩，小孩對父母的一種關懷與孺慕，愛是男女之間彼此的喜悅，愛是人與人之間互動的享受，愛是萬物所有的靈。我解釋了半天，他們個個睜大眼睛看著我，用那種晶瑩亮麗的大眼睛看著我，那是世界上最安詳的一刻，他們沒有帶任何偏見的看著我，然後其中一個突然笑了起來，然後全體都笑了起來。我趕快問爲什麼他們要笑，那個翻譯的住民告訴我，他自己也很想笑，因爲關於我們的愛，堆滿了一些華麗的辭彙，但卻一點也不知道我所形容的是什麼東西，他們認爲我說了老半天的是「害羞」這個字。我只好問，那麼關於愛，他們的語言怎麼說。那個翻譯的住民告訴我，他們的語言當中沒有愛這個字，應該說，愛不在屬於他們的口語和文字系統裡，他直截了當的走過來抱住我，然後說，我們的愛是動作，不是任何名詞與形容詞的總和。

我就開始稍微知道，關於他們的語言，他們的聽覺，他們的感覺，他們身上所有一切可以對外溝通的路線都還保存著，不像我們單靠一張嘴的辯說就想去解釋全世界。於是學鹿語帶給我的，並不是去一個字對照一個字，拼湊鹿的聲音的意義，而是去學習鹿的生活。

他們帶著我接近鹿。我們一會兒在草地上打滾，一會兒跳躍在山林的峭壁上，當我跪在那裡，雙手雙腳貼著地，我感覺到一股莫名的興奮，一隻鹿就站在我的眼前十公尺處，牠慢慢的靠近我，我像一隻剛出生的小獸，伸長我的脖子渴望去觸摸牠。你知道發生什麼事了嗎？那隻鹿緩緩的走過來，伸出牠的舌頭舔著我的臉頰。我怎麼去告訴你關於這件事呢？你又不懂鹿的語言，我講了半天的愛在鹿的語言中，就是這樣。

我就是這樣學會鹿語的。我瘋狂的愛上牠們，甚至想放棄守燈塔的



我們的愛是動作，
不是任何名詞與形容詞的總和。

工作跑去跟牠們一起生活。我真的這樣做了，把應徵工作貼在漁港的布告欄，可是一直到今天仍沒人來代替我的工作。不過也來不及了，因爲已經沒有鹿可以讓我和牠們一起過生活，最後一隻鹿已經在十年前死亡了。

鹿開始大量死亡的原因，許多人研究說，是由於外來疾病的細菌散播，而牠們沒有抵抗力去拒絕，畢竟我們的人踏遍了小島上的每一寸土地。我自己覺得，除了這樣的因素以外，最重要的是我們華麗的辭藻害死了牠們，我們餵養的一些空洞，蒼白貧血，或是充滿煽情的語彙污染了牠們，還有我們說出一些激情與不切實際不著邊際的觀念迷惑牠們。牠們是死在我們鋪好的陷阱上，這個陷阱現在也困住了我們。

我無法忘懷，真的，牠們曾以純然無暇的感情信任我們，而我們回報的是什麼？我們甚至連一個悲憫的姿態都顯得矯揉做作，事到如今你立個碑紀念牠們什麼？這還不是滿足於自己的虛榮。

最後一隻鹿死在十年前，那年小島上的原住民也沒留下一個。

那些最真實最簡單的語言也消失了。

「第一個字是靈魂，第二個字是海洋，第三個字是天空，第四個字是死者，第五個字是遠方，第六個字是消失，第七個字是昔日。」

# 七 溫柔的對話

倘若有一天我不能在你身邊
那時候星與天空都將下雪
我們在黑暗時光緊緊擁抱的
原然會點亮彼此的眼眸
所以不必害怕分離
就像水不怕結冰　火不懼沸騰
終有一天你會找到
我內心深處深埋的洞穴
那裡藏著對你所有的
愛與思念

今天的海洋特別寧靜，甚至一點風也沒有。

鯨群經過昨夜的觀察，判斷三艘人類的船應該是屬於馬拉哈所說的具有善意的那一類，而且如今海上濃霧圈繞，正是擺脫他們最好的時機。

果然鯨群撥水前進，一路無聲，並未遭遇阻礙。可是前行不久，海面上突然傳出巨響，那聲音異常的火爆，然而身處迷霧之中，看不清楚究竟發生了什麼事，莉莉只得暫停大家。鯨群們個個屏住呼息，心中祈禱莫要遇上了屠殺的船隊。馬拉哈經驗老到，一聽聲音就知與屠殺的船隊無關。

「有人類落海了，」馬拉哈分析：「剛剛的聲音是撞船的聲音，人類的船碰撞在一起了。」

遠處的海面上起了火光，鯨群本想繞道而行，卻聽見一個微弱的呼喊聲音從迷霧中傳來，「救命啊！救命啊！」是人類的聲音。

「那個人類呼喊著什麼？」莉莉問馬拉哈。

「船可能沉了，他在叫救命。在這麼冷的海水中，他很快就會失去知覺，而後沉入海底。」

「我們去救他吧！」

「救他？我不去。」

「馬拉哈，是你自己說的，這些人類對我們可能是友善的……」

「你不要忘了，我也說過，對我們友善的人類不表示不會給我們帶來災難。人類……，還是少碰爲妙。」

「可是他的聲音那麼淒慘……」其他鯨群也加入了討論。

「對啊，不要把人類想得那麼壞嘛！像我就曾經迷路上了沙灘陸地，還是人類救我的。」

正當大家議論紛紛之際，那名落海人類的聲音漸漸微弱，幾乎是聽不見了。而荷比卻早已悄悄離開了鯨群，朝著火光游了過去。

「荷比，回來，趕快回來！」莉莉發現荷比的舉動時，荷比已經貿然的進入了迷霧中的火光。



鯨群們個個屏住呼息，
心中祈禱莫要遇上了屠殺的船隊。

鯨群趕緊跟了過去，大夥在迷霧中尋找荷比，不久卻看見荷比的背上多了一個人類，他的雙手剛好緊緊的抱住荷比身上被人類裝設的紅色物品。

「哞，哞！」荷比似乎很高興很得意。

鯨群看著這名昏迷的人類，一時之間也不曉得該如何處理。

「怎麼辦？我們不可能帶著一個人類旅行的。」

「把他放回陸地去吧！」

「去陸地那邊相當危險，何況這裡距離海岸還有一段距離。」

「不管他了，把他丟在這裡算了，我們幹嘛救他呢？」

鯨群又陷入了爭吵。

「把他送回船上去吧！」莉莉說：「應該還有一艘人類的船。」大家都看著莉莉，莉莉接著說：「是荷比帶來的，自然要由荷比自己去解決問題！」

莉莉之所以如此說，實在是因爲荷比擅自做了主偷偷救了人類，這樣一來，一方面讓荷比知道自己的行爲已經給鯨群帶來了困擾，一方面其實正也可以教育荷比負責任的勇氣，雖然莉莉知道接近人類不免帶來危險。

荷比似乎知道母親的用意，用額頭撫觸母親。

「荷比，我們停在這裡等你，把這個人類送回去。」

荷比點頭示意，當下又轉身重回迷霧中的火光，而莉莉雖然透出擔憂的神色，可是也不能因爲護短而破壞鯨群團體的規矩，只好讓荷比接受考驗。幸虧馬拉哈瞧出莉莉的心思，他瞄了莉莉一眼，悄悄的跟了上去。

荷比處在迷霧中，然而他不慌張，這是他第二次遇見人類了。在他的心中其實對人類並沒有傳說中那種恐怖可怕的感覺，反而覺得人類實在是太弱小了，甚至連自己微小的身軀都比他們大上好幾倍，人類有什麼好怕的，荷比這樣想。

伏在荷比身上的人類仍然昏迷著，荷比可以感受到他的心跳，他漸冷的體溫，同樣和自己一般，那是活生生的生命，活生生的存在。迷霧中找了幾回，船隻就在眼前了，荷比緩緩的游了過去。



荷比處在迷霧中，然而他不慌張，這是他第二次遇見人類了。

船在海水裡輕輕搖晃，荷比看見船舷站了幾個人，全盯著自己，他鼓起勇氣，慢慢的靠近船身。海水與船的夾板仍有一段距離，其他的人類雖然看見了荷比帶著受傷的人類前來，可是卻無法將他拉回船上。

荷比開始覺得緊張，因爲他看見人類其中之一跳下船，朝他游了過來。「要不要再靠近呢？」荷比在內心掙扎著。與背上的人類不同，朝他游過來的人類對他可能造成威脅，荷比緊張的喘氣，一道水柱噴射而出，似乎是警告，又似乎是要讓人類知道自己可不是那麼脆弱的。

游過來的人類停在荷比身旁，用手撫摸著荷比，就像鯨群互相磨蹭時的感覺，不過力道極其輕微，像是初初相識般的客氣。荷比爲了表示善意，輕輕的翹起了尾巴，才想去撫摸那人，那人卻驚慌得趕緊游走。

「難道他不想跟我做朋友嗎？」荷比心裡頭想：「他怎麼會不接受我的撫摸？我還辛辛苦苦救你的同伴耶！」原本想就把受傷的人類放下離去，可是那人又游了回來。

那人根本不曉得荷比的所思所想，一直待在荷比周遭，不敢靠近又不離去。荷比可以感覺到背上受傷的人類的身體漸漸失去體溫，他不管



荷比第一次體會到飛翔的感覺。

了，既然人類這般膽小，又不能明白自己的用意，只好想別的方法了。

迷霧的海面上只見荷比突然游開了船隻，潛行到水中，受傷的人一時之間並未下沉，荷比入水後，趕緊回身，用盡自己身上的力氣向上衝了過去，以鼻額頂住受傷的人，劃過一道弧線，荷比帶著他穿破水平面，騰起。

有一刻，霧彷彿是凝住不動了，船上人類的叫喊聲也凍結了，他們的嘴巴張得大大的。直到荷比重新落水的剎那，時間才又開始流動，而受傷的人也被荷比使用的巧勁拋回了船上，被其他人類接住。

荷比第一次體會到飛翔的感覺。的確是飛翔，讓生命安安全全釋放的舒暢感。他聽到人類的歡呼，他聽到人類的鼓掌，而他更知道人類內心的驚歎。他希望人類能記住此刻，生命自由自在飛翔的此刻。荷比沒有逗留，他朝著鯨群的方向游回，那身軀雖然越來越小，可是可以看到迷霧散去的海洋似乎越來越壯大，越來越寬廣。

船緩緩的離去。

荷比回到了鯨群，馬拉哈不斷的宣揚荷比的作爲，就連他也沒想到荷比會有這樣的智慧與勇氣，畢竟荷比才不過是個小嬰兒呢！這件事經過馬拉哈的傳述，鯨群們很快就知道荷比英勇的行徑，而且馬拉哈還加油添醋的說，因爲荷比的表現，讓在船上的人類驚嚇得目瞪口呆，趕緊驅船離去，不敢再跟蹤鯨群。荷比自此以後不再是小嬰兒了，他是可以承擔責任與生命的巨鯨。

或許人類眞的被荷比懾服了，船隊不再跟蹤鯨群，遠在前方的彩虹與文生領著前進的目光，眼前盡是水波平坦的海洋。

這對情侶徜徉在多情的海洋中，日日夜夜唱著情歌，那是動人的旋律，也是驅趕哀傷的舞曲。

「會不會？你會不會知道
在我心中你是海洋的微笑
每當我看著你
世界是藍色的
藍色的天　藍色的空氣
藍色的目光　藍色的語言



會不會？你會不會知道
在我心中你是海洋的微笑。

藍色的你　藍色的
我們藍色的愛情。」
「會不會，你會不會知道
在我心中你是海洋的壯麗
每當我看著你
世界是紅色的
紅色燃燒，紅色掀翻
紅色狂暴，紅色撞擊
紅色烙印天際如血
紅色的我們的愛情。」
「會不會，你會不會知道
在我心中你是海洋的無盡
每當我看著你
世界是白色的
輕盈如飛翔海鳥的翅膀　白色的

纏綿如波連千里的細浪　白色的
喜悅如銀魚簇擁跳躍於白色的
白色的我們的愛情。」
「你會不會知道
每當我看著你
看著你呀　一直看著你
世界是透明的
除了你之外
透明的。」

是誰的歌聲牽連誰的歌聲，是誰的心跳串連誰的心跳，然後合聲齊唱，唱得不知日夜，不分彼此。那不是誰，那只有愛情才能。

陷入美妙的愛情，同時也陷入不安與多變的海洋。文生和彩虹攜手並進，陶醉在彼此的愛情中，而海洋卻起了波濤，才過了一段平靜，船隊卻突然現身。那猛不及防加速靠近的船隻，在海面上一字排開，綿延數公里，張開巨網，似乎一舉要把海洋中的所有撈捕殆盡方才罷休。



文生和彩虹攜手並進，陶醉在彼此的愛情中。

「以如此形勢看來，鯨群若不趕快往後撤退，等於就是自投羅網。」

文生向鯨群勸說。

鯨群一而再的受船隊驚擾，其中有的已經顯得不耐煩，紛紛表示反對的意見。

「如果繼續撤退，那我們永遠也到不了南方，更何況先前我們已經耽擱了行程，如今怎能不加快速度？」

大夥望著莉莉，希望她能拿定主意。

「不如我們向西橫游，改走西線，這樣既不必撤退也能躲避船隊。」

莉莉雖然對西線的路途不熟悉，可是如今好像只有這個辦法可行。

鯨群對莉莉提出的方式雖然還有意見，但眞的是沒有其他路可走，於是整隊轉向，朝著落日餘暉的大海前進。

未來將會如何，只能期待天明。

第七個守燈塔的老者說了一個昔日的故事。

「昔日是什麼顏色，是火紅的，金黃的，還是白澄澄的光的顏色？」

「恰恰都有，有時紅如漿果，有時黃如蜜汁，有時白似牛乳。」

「聽起來令人陶醉的就是昔日嗎？」

「陶醉還要加點憂傷，憂傷還要帶點苦澀，苦澀還要帶點酒味，那就是昔日。」

漁港內，碎冰工廠的輸送帶將成堆的碎冰載送到正要出航的船隻，這裡其實已經不捕魚了，留下的冰廠只是一個補給站，讓經過的船隻方便補足所需。另一端的碼頭正在進行擴建，除了原有漁船的港灣，現在正在開闢第二港，作爲軍事用途。

軍隊進駐小島已經幾十年了，以往一直沒有大張旗鼓的構築工事，因爲才一個班的規模，什麼事也不能幹，每天就是釣魚吵架打發過日。現在說是爲了軍用，調來整整一營的工兵，每日每夜不斷的開挖填補，把三分之一的小島劃爲禁區，閒雜人不得靠近。

你的攝影機擺好了嗎？你們說是要來拍紀錄影片，記錄一個守燈塔



未來將會如何，
只能期待天明。

的老人的一生，雖然我不認爲簡單的幾句話就能說明你們想要的，但我會盡力而爲。

看過了你們準備問我的題目覺得很詫異，當中不斷的提到孤獨寂寞的字眼，彷彿我是逃難來的，我確知的告訴你們，我是自願來的，當時我的工作跟你們差不多，不過我用的是筆，而你們用的是攝影機。

你們要我講關於昔日，昔日對你們的意義是什麼？是緬懷那已逝去的美好時光嗎？還是想得到一些已被黃土掩埋一半的記憶？若你們要的只是這些，那不用我來說，我坐在這裡，你們把鏡頭直接對準我蒼老的面容即可。昔日並沒有你們想像中的榮光。

我想先與你們談談記錄的意義，我之所以叫你們把鏡頭對準我，就是要你們知曉我這張老臉，不管它是美麗或醜惡，都是真實的。我以前像你們一樣，四處蒐集動人的題材來寫小說，我知道昔日絕對是個有想像發展的主題，尤其在這個與大陸隔得遠距離的小島。你們一定去拍了一些美麗風光，譬如湛藍的海水，潔白的沙灘等等。我們慣用一些小技藝展現我們的主題，你要他悲喜，他就哭泣或微笑，但記錄並非如此，如果你想用昔日當作擋箭牌，我不得不暴露衆人爲了遮羞，爲了怕觸及自己曾經是毀壞小島的共犯極盡能事掩飾的痕跡。

就像商人販賣小島的土地一樣，工兵營爲了擴大軍港，四處立起了屏障鐵絲網，然後公告不得擅闖，好似土地原本就是他們的一樣。你知道他們關起門來做的什麼事嗎？他們雖然禁止陌生人闖入，可是卻沒辦法禁止我，我每天站在燈塔上可看得一清二楚，他們建造的是導彈基地。

這不是一件很好笑的事嗎？爲什麼要在小島上建造這種毀滅性的軍事設施呢？你一定會說，這是爲了維持公理，這是大家同意的，可是如果這種事都幹得出來，把小島當成犧牲品，那麼還要去追求那些幹什麼！……什麼？不要談論這個話題，你要我告訴你關於守燈塔的任務及工作……難道你不認爲這也是任務之一嗎？守燈塔如果只是負責點亮燈火，只是按時的接收一些氣象資料，然後照本宣科的傳送出去，那麼隨便誰來守燈塔都可以，不是嗎？

好吧，即使我說明了這些事，你們仍然沒有任何感覺，那我還能說什麼呢？……我當然知道觀衆想看的是什麼，是不要負擔那麼大的內容對不對？看完可以輕輕鬆鬆就抛到腦後的對不對？我真不知道你們如果真要這些東西，那幹嘛老遠的跑到這裡來拍，難道你期望這裡的沙灘上會有美女？

不，我當然不願意配合，你們不過是另一種觀光客，來了走了，我又不是動物園裡關著的，爲什麼要配合你們！你們走吧！這裡沒有屬於你們的故事，這裡屬於昔日。

守燈塔的老者牽著小孩上了燈塔。

這樣的故事別人不喜歡聽，畢竟我只是個糟老頭，守這座燈塔守了三十年的糟老頭。但是真實的故事還是得繼續下去，我已經不像以前那樣喜歡用編造的手法來吸引人了。昔日是什麼，我就來告訴你，孩子。

當工兵繼續他們的導彈基地建設不久，有一輛怪手從深層的地底當中挖到了一塊巨大的骨頭，他們嚇死了，於是趕緊停住工事。要說小島上有骨頭，應該是在花園這邊，那裡埋藏經過幾代人的死者，骨頭至少可以裝滿五個貨櫃。所以並不是因爲骨頭驚嚇了他們，而是巨大。

很明顯的，他並不是人類或任何其他的骨頭，陸續被挖出來的最大的一塊豎起來就像燈塔一般。他跟雪一樣潔白，且像千萬年積壓的冰塊般堅硬，工兵們拿子彈射擊也穿不透，而骨頭陸續被挖出來，不可記數的骨頭鋪滿了整個海灣，一層一層的疊上去。

然而奇怪的事情發生了。本來是因爲沒有多餘的空地堆放，才把骨頭置在海邊，可是夜裡這些骨頭經過海風與海水的浸染卻散發出奇異的光芒，不知道該說它是美麗還是詭異，那光的顏色是綠的，且像是有生命般的四處流竄，隨著風也隨著浪。於是整個沙灘以及五浬寬的海洋都被這綠的顏色閃爍映照，一直持續到黎明。

那天夜裡還不只有這件事奇怪，所有當時在島上的人都聽到一種從來不認識的聲音從地底發出，爾後也從海洋發出。我雖然站在高高的燈塔上，卻仍然聽得清晰無比，就像是我自己說話而我的耳朵聽到一樣。

憂傷中帶點苦澀，苦澀中帶點酒味，令人陶醉的聲音。

我聽著聽著就哭了起來，莫名的感動似乎是聽到爲自己演奏的哀歌。站在燈塔上，綠色的光漸漸隱去，黎明來臨之前，聲音也消失了，



憂傷中帶點苦澀，苦澀中帶點酒味，令人陶醉的聲音。

小島恢復了黑暗與沉默。可是當太陽慢慢的升上來，一切的驚恐再一次來臨，原本堆在海邊的骨頭全部消失不見了，而整個海面變得一片鮮紅，海水黏黏稠稠的，散發出腥臭的血的味道，這個影像我一輩子都會記得。所有曾經沾染海水的人都要記得，那血在海上厚達幾公尺，一個星期後才慢慢流散。

那就是昔日被人們屠殺以後所留下的。

「第一個字是靈魂，第二個字是海洋，第三個字是天空，第四個字是死者，第五個字是遠方，第六個字是消失，第七個字是昔日，第八個字是寂寞。」

# 八 太平洋風暴

我看見的美好世界即將沈沒
但誰能聽到我發出的預告
人類沈醉在他自己的黑暗中
且在黑暗中醞釀激烈的暴動
火球落入水中燒涸整座海洋
多麼可惜啊！人類
聽不懂我的嘆息
封存我被當作狂言嘲笑的警語
我將死亡，而我的孩子才要誕生
我將死亡，他會聽不見我的歌聲
奧卡啊！你唱了一輩子
遺言卻沒有同伴聆聽

夜的海洋，流水似墨，磨攪出晶亮光彩的黑。在黑底下顫動的活物，用發光的膜體點繪，形如繁星，形如織錦，形如藏埋心中千年萬年夢的原本。幻想可以那樣無盡，波動原來如此迷離，一滴水的凝結從眼窗流淌竟成如此深潭。沒有可以被冷落的，沒有可以被拋棄的，海洋以天空映照自己的臉，她的眉比海鳥更加輕盈，她的眼比寶石還要璀璨，聽她呼息而舒暢胸懷，聽她燦燦發聲而安詳寧靜，這是海。

鯨群沉浸入海，迤邐西行，一連串的挫折並未打消他們的志氣，雖然此時此刻陷於低迷的海洋的未來不可得知，但他們知道海的包容力是無可限量的，只有海能海一切，而其他並不能將海納入其中。

「我跟隨貝殼的腳步尋找生命的奧義
牠遠從天涯的角落落腳於此地沙灘
三兩行帶著鹹溼風味的足跡
在下一秒鐘凝結成永恆的化石

或者，在時間的刻度上
這樣的存留恰如彈指瞬間
瞬間一樣我們共同留下的印記
一個波浪就輕易的抹去。」

鯨群知道他們的歷史終將寫就於海上，寫於海上的萬象。人類即使將他們屠殺殆盡，海洋仍會存留所有的歌聲，存留尾巴拍水的姿態，存留那沉靜的眼光，所以無須悲傷。那想將海納爲己有者，才應該悲傷，悲傷他們所摧毀的原是自己心中那片海洋。

同伴們緊緊相依相隨，不出聲，但卻明白各自的心意。的確是這麼想的，鯨群期待著天一亮，繼續起航。

然而眼睛才覺得一絲光的溫暖，光卻隨即被一片陰影遮去，獵捕的龐大船隊竟然又出現。

「難道人類竟然想用網網住整座海洋！」文生首先發難，氣憤的說道，「我們往東他們在那裡，如今我們往西他們也在那裡，這到底是怎麼回事？」



鯨群沉浸入海，迤邐西行，一連串的挫折並未打消他們的志氣。

「應該是同一組船隊變的把戲，我看他們船上插的旗竿都一樣。」馬拉哈的眼睛露出水面觀察。

「那他們是跟蹤而來的？」

「沒錯！他們似乎知道我們前進的方向，一夜都保持同樣的距離佔據我們的前方虎視眈眈。」馬拉哈不解的說道：「我也不知道爲什麼會這樣，照理說，我們潛得那麼深，而且又改變方向，他們應該不會知道的才是……」

馬拉哈看著莉莉身旁的荷比。

「我不願這樣猜測，可是有一個現象我注意到了，」馬拉哈游到荷比身旁看著荷比背上被人類裝設的紅色物品，繼續說道：「之前，我們沒有遇上任何屠殺的船隊，可是當我把荷比帶回來以後，屠殺的船隊就出現了，我覺得這兩件事一定有關聯，問題可能就是出在荷比背上的東西。」

「不會的，將這東西放在荷比背上的是你說的對我們友善的船隊，他們不會害我們的。」彩虹說。

馬拉哈用額頭輕觸紅色物品。

「在荷比身上裝東西的友善人類並沒有想到會被屠殺的船隊所利用……不會錯的，他們是追蹤這個東西來到的，所以不管我們到哪裡，他們都能找得到。」

大夥一聽說如此，隨即陷入不安。

如果事情的原因真的是在荷比身上的紅色物品，那麼應該怎麼辦？難道把弱小的荷比留在這裡？那是萬萬不可能的。幾隻鯨游到荷比身旁，再一次嘗試要把人類的東西取下來，荷比的身體被他們撞來撞去，然而那東西還是緊緊吸附在荷比背上，絲毫沒有脫落的現象。

「如今我們只好硬闖過關了，再耽擱下去我們永遠到不了南方。」這般提議讓莉莉陷入了沉思。

「這樣組織龐大的船隊，不是那麼容易逃躲的，或許我們再多等待一下……」

「再等下去只怕他們就先動手了，他們跟蹤我們這麼久還沒展開圍捕，就是要消耗我們的體力與精神，我們不如趁現在就突擊，或許還有生機。」

莉莉還是無法決定，她看著文生，期待他能有更好的方法。

馬拉哈又說話了。

「或許這件事對我們反而是個轉機，」大夥都瞧著馬拉哈，要聽他怎麼說，馬拉哈望著莉莉又看看荷比，凝重的說道：「如果讓荷比與我們分開，各走東西線，那麼船隊就追蹤不到我們了。」

大夥聽到馬拉哈這麼說，其實心裡是贊同的，可是要他們這樣做，他們又捨不下荷比。

「那荷比怎麼辦？他根本不認得去南方的路線，而且他又如何逃脫船隊的攻擊？」彩虹當然護著荷比。

「彩虹，馬拉哈說得沒錯，只有如此，鯨群方能逃脫。」莉莉似乎下了決定，「就這麼辦，我們再往回走西線，荷比則往東走。」

莉莉看著荷比，對他說道：「荷比，你願意嗎？」

荷比了解母親的意思，毫不猶豫地點頭。

「荷比，我驕傲你跟你父親一樣勇敢。」莉莉對荷比說完，轉身面對鯨群：「我決定此時此刻，把領航的任務交給馬拉哈，由他帶領你們前進，我自己則陪同荷比留在這裡。」

鯨群絕沒想到莉莉會如此決定，可是不如此，確實無法可想。

「我也要留下來。」彩虹說。

「我也是。」文生靠了過來。

「你們隨鯨群去吧！若是大家都分散了，那我們會更沒有力量到達南方。」

「莉莉，這個方法是我提出來的，我有義務留下。」馬拉哈堅決的說道：「最重要的是，鯨群在此時需要你，你不應該拋棄他們。……你放心，有我陪同荷比，我們一定可以度過船隊的關卡追上你們。」

「馬拉哈……」

「不要多說了，趕快帶鯨群離開，我會照顧好荷比的。」

馬拉哈說完話，隨即帶著荷比朝著東方游去，彩虹還想跟隨，卻被文生和莉莉阻止。

莉莉其實知道，在下定決心讓荷比與鯨群分開的時候就知道，此次分開，荷比必然是凶多吉少，本想陪伴荷比的，還是馬拉哈了解她的心情，而的確由他來陪伴荷比也是莉莉可以放心的，雖然不知能否再相見，但莉莉期待馬拉哈能再一次把荷比帶回她的身旁。

馬拉哈與荷比的身影消失在遠方，鯨群很有默契的深吸一口氣，以壯闊的胸膛擠壓噴出，在海面上驚起陣陣噴泉水柱，然後立即潛入水中，越潛越深，齊頭轉往西方前進。

船隊果然受迷惑，先是停留了一陣子，爾後朝鯨群的反方向駛離。他們跟蹤的是馬拉哈和荷比。

太陽從海平面抬起頭來，流波光亮，閃爍銀花片片。馬拉哈和荷比迅速的游向東方，遠遠的海岸山脈隨著波浪起伏，未知他們將要如何逃脫船隊的追擊。

●　●　●

第八個守燈塔的老者說了一個寂寞的故事。

「寂寞何時產生？」
「化身黑夜裡的焰火。」
「焰火怎麼寂寞？」
「因爲短暫熱情。」
不要問我爲什麼一個人待在這裡，你認爲我是逃避著什麼來的嗎？那你就錯了！有一個角落是不管你身處何方，都逃避不了的，那就是寂寞。我的寂寞並不是因爲燈塔；相反的，它解除了我的寂寞。
你沒有遇到過女的守燈塔員，我也是，我也很少碰到女的流浪者。你知道人們會怎麼想嗎？我們在他們的眼中大概都是怪物之類的，背後流傳的事大概不離情感上的挫折或是內分泌失調。那些航行於船上的水手，要是知道他們所看見的燈是我所點亮的，他們怎麼還能自傲於自己的航海技術，誇大言詞自己如何辨識黑夜的星圖。
像你一樣我曾四處旅行、四處遊走奔波，但不管去到哪裡，寂寞總是緊緊跟隨。我無法告訴你正確的何時何地，寂寞如何形影相隨，因爲它是無形的籠罩，慢慢磨卻你的熱情。我記得小時候我常常把自己關在



「焰火怎麼寂寞？」
「因爲短暫熱情。」

房間的衣櫃裡，爲的是把寂寞也關起來，我的想法是要和寂寞比耐力，看誰能悶得更久，誰就取得勝利。我輸了，被關起來的寂寞在黑暗的餵養下反而迅速的長大，壓得我喘不過氣來。我逃離衣櫃、逃離黑暗。

接著，我開始上學。我所受的教育告訴人們要以勇氣來挑戰一切，人的力量可以征服他所看見的世界。我是這麼熱切的去相信這樣的信念，不斷的去挑戰各式各樣的寂寞。上課的寂寞，搭車的寂寞，考試的寂寞，教課書的寂寞，我不斷的迎面對反這些，你應該知道結果如何，那就是我被當成一個不馴良的小孩，被寂寞的社群證明我的腦袋有問題。這是我初步的勝利，因爲畢竟我從那裡，雖然不是自己逃走，而是被趕了出來。

接著的情況並沒有改善，只是一再輪迴的被寂寞包圍，我已經無法在一個地方待太久，不管它具備何等的熱情。熱情本該是解除寂寞唯一的方法，但是我發現人們把熱情用在太多無謂的事務上。整個年代，最有智慧的人投注全部的心力從事一種徒勞無功的事務。你知道是哪些嗎？我舉個例子給你聽，你可能會明白。

這件事發生在我自己身上。有一天我走進一家書店，渴望找到一本小時候讀過的詩集，那本書不知在哪個寂寞的過程中被我遺忘了。順便提一下，我自己也是因爲熱情的索求一些無謂的事才讓一些本來該留在身旁的一一流失，寂寞就是因爲你少了這樣一個毫不起眼的小東西才產生的，而不是因爲你可以擁有很多大東西能解決它的。總之，就是這樣一本書，我走進書店，渴望著它。

你小時候有沒有待在過書店或任何可以看到書的地方，那時書裡頭小小的想像就能滿足一切，不是嗎？我們都曾經擁有這樣的時光。蹲在某個角落，聽不見任何聲音，眼前只捧著一本書，有一道橙黃的光投射在潔白乾淨的紙頁上，然後不管書裡描寫的是什麼，那樣專注的翻了一頁又一頁，書裡頭的一切彷彿因爲光的降臨而有了生命。當遇到疑難的時候，我們伸伸刺麻的腳，扭扭痠痛的脖子，而後繼續沉醉在書的生命中。我想找的書就是那樣一本簡單乾淨、小時候看過的書。

我走進書店，這是我第三次這樣對你說了。那時我還是個小孩子，沒有太多零用錢可以買書，只能站在書店裡翻看。我一進去，天啊！我



人的力量可以征服他所看見的世界。

就聞到濃濃的充滿熱情的味道，因爲書店剛進了一批新書，而那道陽光就照射在他們身上。我迫不及待的等著書店老闆將他們解開繩索，讓他們可以安安靜靜的躺在書架上，於是我自願幫老闆做這件事。等我把他們統統放好在那裡，我安安靜靜的抽出其中一本書，至今我還記得他的名字。《鯨少年》。那時的我，連海是什麼樣子都不知道，只了解那是一片水藍藍的事物，其他關於海水是鹹的，要等到以後我親手捧著海水嘗過一口才真正知道那味道。我沉醉在那本詩集上，雖然裡頭的字有一半以上我看不懂，但你知道嗎？那才是我真正看懂那本書的時候，我的熱情全部集中，那本書也以同樣的熱情回應我。至今，我仍能記得「湛藍」的海水在書頁白紙上流淌的波光，我確實相信那一刻我是沉浸在海洋中的，只因爲一本書。爲了知道「湛」的音義，我還查了字典呢！

我每天放學後去到書店，在那裡游泳，直到橙黃的夕陽熄滅了燈光，才依依不捨的離開那片海洋。我不貪心，一天讀一首詩，然後就把鯨放回海裡，滿足的離去。這樣持續了十多天，然後那隻鯨被買走了，我來回在書架上找了一次又一次，確定他已經不在了。那時我雖然失望，因爲我還沒看完那本書，但還不到寂寞的程度。

這些事是什麼時候想起來的呢？就是我剛剛告訴你走進書店的前一秒想起來的。我走進書店，渴望著他，渴望著那片海洋，已經是許多年後的事了。在那本書消失到我又重回想起他，這是一段不算短的日子，大約有二十年吧！二十年我都沒想過他，突然想到了，那熱切的情感，就如初次我們見面一樣。我仔細的在那家佔地寬廣的書店尋找，一遍又一遍，然後就是我告訴你的，人們把熱情放在太多無謂的事務上的情況顯現。那裡的書少説也有兩三萬本，每一本都熱情的對我伸出手，他們教我如何談情説愛，教我如何快樂成功的擁抱未來，教我如何在悲傷的時候不要哭泣，教我要去熟諳各種對人對事物操作的技巧，就像一本本教科書一樣，急著告訴我正確的答案。然而屬於靈魂，屬於海洋，屬於天空，屬於死者，屬於遠方，屬於消失，屬於昔日的書被擺置在最不起眼的角落，因爲屬於這些的想像被認爲是脱離現實的，且不夠精采刺激。寂寞的角落。我走到那個角落，然而那裡仍然沒有我失去的那本書。



直到澄黃的夕陽熄滅了燈光，
才依依不捨的離開那片海洋。

我去詢問人家，因爲過了這許多年，我只記得書名，而那裡的人查了檔案，告訴我没有這本書，他特別强調從來没有。現在我失去了他，他裡頭所有的一切全部失去踪影，只剩下他的名字依依不捨圍繞著我，我決定無論如何一定要把他找回來，即使是一兩首詩的片段，都能讓我重回那片海洋。

接著我找了圖書館，找了舊書攤，問過無數的出版公司經銷商，但是他們都説没有過這本書，可能因爲年代久遠，我記錯了。我記錯了！這樣一本書根本不存在，你若要解決寂寞，我們有最新印製出來精美的各種書供你選擇，他們這樣告訴我。我能怎麼辦？啊！但願我那時候能留存我的想像跟隨鯨群而去，那麼我就永遠不會寂寞了。

我尋找一本書尋找得這樣辛苦，然而人們卻説他從來不曾存在過，我該用什麼方法把幼年的海洋與鯨群召喚回來呢？而或許那是不可能的，這世界上已不容許只生存於想像的事物存有，雖然那裡的熱情比任何可以見到的更加真實。我開始流浪，像你一樣，走往各個現實的角落尋找，希望消除這樣的無奈不堪。你問我真實的世界，鯨真的消失了嗎？我告訴你，的確如此，最後一隻鯨消失在十年前。其實，當想像的鯨爲人們遺忘的那一刻，他們早就已經死亡了。

我守這座燈塔守了十年了，每天我點亮燈塔，光掃掠漆黑的海面，而我總覺得我心裡那道黃澄澄的光好像投射出去在某個角落，那裡有個小孩安靜地在游泳，當然也有一隻鯨陪著他。

燈塔這裡讓我覺得不那麼寂寞，因爲我知道有個小孩一直陪伴著我，默默期盼明天的到來。

「第一個字是靈魂，第二個字是海洋，第三個字是天空，第四個字是死者，第五個字是遠方，第六個字是消失，第七個字是昔日，第八個字是寂寞，第九個字是明天。」

# 九　遙遠地平線

遠遠呼喚我的
遠遠的呼喚你
不同的語言相同的命運
我們還要爭鬥多久？
我們還要拆散彼此嗎？
遠遠呼喚我的
遠遠的呼喚你
死亡來臨前
我們是否該平靜聆聽？
我們是否該注視彼此？
遠遠呼喚我的　此刻
我正遠遠的呼喚你

清晨的海洋別有一番風情，如一多面的稜鏡，每一個面向都波光水滑，也都反射著不同角度事物的光彩。太陽照在海這顆鑽石上，爲其增加色澤，陽面是透明的白亮，陰面是沉謐清澈的瞳眸，海洋化成無數的眼睛，燦爛的望向全宇宙。至於離開海洋的表面，光仍被眼睛接收深入內裡，淺海地帶的珊瑚礁岩上，小丑魚與海葵輕巧的跳著曼波舞步，精靈似的扭擺身軀。再深一點的地方，海底沙灘上有一隻變色的章魚伏在沙土上伺機而動，捕捉經過的小魚。再深一點的地域，光已經看不見了，馬拉哈帶著荷比就躲藏在那裡。

在幽微的洞穴中往上看，船隊群聚，甚至把一絲絲可以透進來的光線都遮去，船的陰影讓海更加的黑暗。

「我的歌聲唱給聾者聽
他們矯正我的旋律，要我
閉嘴安靜。

什麼樣的曲調不能唱呢？
奧卡！我的知音
我們所見到的一切已經變了
海水因爲母親的眼淚變得更鹹
空氣因爲炮火的硝煙變得嗆鼻
雲裡飄藏滿死屍的靈魂
夢的窗口邊滴淌著血腥
奧卡！我已無能爲力了
我們還能宣唱什麼？
我們還要歌詠什麼？」

馬拉哈低沉的嗓音，訴說著悶氣。荷比似乎懂得他的心情，用自己小小的身軀輕輕碰著馬拉哈。

「荷比，你知道嗎？我懷念你的父親，只有你父親奧卡可以應答我的曲調，也只有他唱的歌能帶來力量，我的歌實在是太悲傷了。……可惜你不能說話，不能歌唱……」馬拉哈不無落寞的獨白著。



我們還能宣唱什麼？
我們還要歌詠什麼？

「哞……嗚……」荷比當然想回應，他的聲音充滿了期待，期待能唱出自己的曲調。

「荷比，不用心急，我年輕的時候也跟你一樣，是發不出聲音的，這種事不能勉強。他們都認爲你是啞巴，但我知道你不是，眞正的啞巴不是不會說話，而是說了太多話，太多毫無重量的話，那使人覺得他的話沒有一點值得聽的地方，慢慢的他就像啞巴一樣，即使說話說得再多，卻沒人聽見他所說的。」

「哞嗚！」

「你贊同我的想法，對不對？我希望終有一天你會像你父親一樣，找到屬於你自己的知音，然後將你的歌聲獻給他。」

荷比點頭。

「鯨群大概已經走遠了，我們可以開始行動了，出去透透氣吧！」

荷比雖然不知馬拉哈接下來的行動，但是他毫不遲疑的跟隨著馬拉哈游出海底洞穴。

「我們來玩耍吧！跟緊我！」馬拉哈說著說著，身體像一枚火箭升空，垂直的朝著船的影子噴了上去，荷比也興奮得有樣學樣。

這出其不意的行動，讓船隊亂了陣腳，人類看見一大一小的兩隻鯨鑽出水面，還來不及準備圍捕，就見他們又鑽回水中游走，於是趕緊調整隊形。

「荷比，人類還不會攻擊我們，他們要等到更多的鯨才會射擊，所以你不用害怕，我們要不斷的跳躍，讓他們誤以爲鯨群已經匯聚，然後等我叫你的時候，我們就往東邊的海岸游去。記住！船的動作不靈活，盡量迂迴的前進，他們就只能追在後頭，看著我們的尾巴。」

於是兩隻鯨東鑽西跳，忽左忽右的躍飛在海面上，船隊手慌腳亂，被戲弄得團團轉。突然，其中一艘船開火了。馬拉哈知船隊已沉不住氣，招呼荷比，立即往東邊的海岸游去，船隊也加快速度跟了上去。

兩隻鯨被船隊一路追趕，眼看海岸就在前方，此時身後船隊卻放慢了速度，因爲海岸邊布滿了暗礁，馬拉哈和荷比也停了下來。

「荷比，我們待在這裡不要動，他們不敢過來。」

船隊調整隊形，成半圓形圈圍兩隻鯨，絲毫不露出一點縫隙。馬拉



太多毫無重量的話，
那使人覺得他的話沒有一點值得聽的地方。

哈怕船隊掃射，用自己的身體擋住荷比。他知道這次想要脫困不是那麼容易，而且即使逃脫了，人類一樣會再度追蹤上來，所以躲到這處布滿暗礁的水域，至少讓自己不會疲於奔命。荷比也知道馬拉哈可以逃走，但他卻為了救自己而被困此地，心裡不但感激馬拉哈，那從小失去父親形象的他，對馬拉哈更產生一份特殊的情感。也因為如此，荷比覺得不能夠連累馬拉哈，他心裡遂有了自己的決定。

而馬拉哈當然也知道拖下去不是辦法，在船隊旁多待一秒鐘就多一分危險，免不了只有正面戰鬥了。

「荷比，待會兒我會先衝出去，等船隊被我衝散，你就可以乘機逃開，記住！逃得越遠越好，人類就偵測不到你……」

馬拉哈還沒說完，荷比已快了一步行動，只見荷比由馬拉哈身後鑽了出來，快速的游向大海深處。馬拉哈一驚，來不及阻止荷比，只好趕快跟上去。

「荷比，趕快回來！」

荷比並沒有回頭，也不理會周圍的船隊，一逕地往北而去。船隊發射猛烈的火炮，密集的落在他倆身邊。海被炸出傷口，重又癒合。荷比畢竟幼小，一口氣潛水的時間無法撐久，急急又游上了水表，才探頭出來，一支標槍就朝他直奔而來。眼看那槍就要落在荷比的背上，突然，馬拉哈鑽上來，迅速的舉起尾巴，拍掉了魚槍。

馬拉哈被惹毛了，人類如此趕盡殺絕，連幼鯨都不放過，雖然槍炮可怕，可再不反擊，氣憤如何吞忍。荷比和馬拉哈再度潛入水中。

「荷比，前方有個漁港，就是上次你被囚禁的地方，你趕快躲到那裡去，我待會兒再去找你。……不要猶豫了，我不會有事的，我一定會去找你，帶你一起去南方。快點走吧！」

馬拉哈催促荷比，荷比感激的看著馬拉哈，匆忙離去。荷比一離開，馬拉哈隨即轉身，眼睛注視著海面上的船隊，然後慢慢的垂直上升，恰好就隱藏在一艘船底下。馬拉哈心中自有盤算，漁港雖然危險，但如果能游進港內，小漁港無論如何無法容納這龐大的船隊，而且船隊並沒有發現自己就跟著他們，等到了漁港近處，再來嚇嚇他們。

船隊果然跟蹤荷比到了漁港附近，荷比才游進漁港，就聽到熟悉的歌唱，心裡雀躍不已。原來是被囚禁的白眉老人在喃喃。

「美麗的在我告別之際仍然美麗
包容我孤獨的在此沉思未來
不用擔心生命呀！去問潮汐無常
只想唱出一首讓海感動的歌
然後退回平靜的深處，在那裡
傾聽回音激盪傳遞到遠遠的另一端
或許是狂暴的風浪
或許是細微的漣漪
都會有一個孤獨的生命凝視
波波浪浪的海岸……」

「哞！哞！」聽到荷比的聲音，白眉老人停止了呢喃，又驚又喜，隔著柵欄看著荷比。

「荷比，你怎麼回來這裡？你又迷路了嗎？……」

還沒說完，外港區便起了一陣驚動，原來是馬拉哈隨船隊到此，使出全身的衝力，硬是把其中一艘船給撞翻了。而馬拉哈自己的背也受了傷，但他強忍住痛，隨即游進了內港來。

「馬拉哈，發生什麼事了，你們爲什麼離開了鯨群的隊伍？」

「先逃開再說吧！」馬拉哈作勢就要去撞圍欄。

「小心，圍欄通了電。」

馬拉哈還是不顧一切，撞了上去，剎時海面上激起了陣陣水波與火光，馬拉哈背上的傷口撕裂得更加嚴重，紅色的血像濃煙般從他的身體湧冒而出。也就在那一刻，地開始搖晃，閃電雷鳴交加，天地沉暗，漁港的碼頭砰的一聲四分五裂，山頭隆隆作響著。

接著漁港內陣陣騷動，人類四處奔走呼救；還來不及分辨發生什麼事，只聽白眉老人大聲喊著：「荷比，快點潛游大海。」

馬拉哈硬撐著受傷的身軀，帶頭開路，橫衝直撞，全速離開漁港。

等游出了港，距小島有一段距離，白眉老人回頭望著小島，山頭上冒出了陣陣濃煙。

「終於來了，奧卡的預言實現了。」白眉說道。



美麗的在我告別之際仍然美麗，
包容我孤獨的在此沉思未來。

「奧卡？奧卡說了什麼？」馬拉哈問白眉老人。

「海底湧泉爆發了，我們祖先的靈魂就要回來了。」

在岸上的人類急急跳上船隻，可是已經來不及了，巨大的火球由天空墜落下來，滾燙的紅色血液無情地燃燒著一切，吞進所有，海水正在沸騰。

遠遠看，那山頭流出的紅色岩漿，就如馬拉哈身上淌流的血液般鮮亮。

●　●　●

第九個守燈塔的老者說了一個明天的故事。

「明天，遠遠的嗎？」

「不遠了，正在逐漸靠近。」

「那我躲開就好了。」

「來不及了，現在就是明天。」

這是什麼年代，似乎沒有那麼重要了。所有還去記憶時間的人，都免不了受苦，我守這座燈塔已有幾十年、幾百年都不重要了。你或許不知道，你是最後一個小孩，站在這裡渴望海洋，詢問海洋。

現在你還能望見海，就多看她幾眼吧！關於她的身世，關於她的命運，接下來你都要陪她一起承受，所以將她引入你的身體裡，讓生命還能在心頭上流動吧！多少的海洋已經乾涸，從眼睛的岸退潮而去，永不回返。寂寞荒涼的沙灘上今日猶微微溼潤，可是明日就要乾如灰燼，飛揚土塵將要覆蓋一切的風景，那是眼睛所無法承受的，到時候我們都得把它緊閉起來。

當你閉上你的眼睛，那裡並不只是黑暗，你猶會在其中視見稀微的光點，那有的是昔日，有的是明天，而在最混沌之中你可以視見如海的旋動圈繞，如果還能辨認，勇敢的朝著那海前去吧！處在海中央的小島這個世界，正在現實世界中逐漸縮小，屬於它的字詞語彙也一一的消失，要不就是茫然的被置放在美術館裡供人賞玩，更可憐的，被貼在牆上、掛在嘴巴上當成流行標語，直到被搾乾最後一滴情感，成爲僵硬的屍乾，人們反覆的嚼。

現在我教你認識第九個字，在我眼裡，它已經乾枯冷漠了，那是明天的故事。

有這麼一個人，他活在很久很久以前，久到生命還會逝去的時代。他渴望能夠不死。你當然不能用今天的標準來判斷，你生出來的時候人們早就得到永生了，可能你無法想像一個人怎麼會死？那個時代跟我們不一樣，人們一方面懼怕死亡，卻發明許多毀滅生命的工具製造死亡。這樣的矛盾跟我們頗類似，今天的人希望求得一死而不能。

當你生出來的時候，我們所居住的地方剛好達到平衡的飽和狀態，也就是說，不能再有人誕生，不能再有人死亡。

人們想到那個屠殺的年代，不得不嚴格執行這項公約。那時，老化成長基因的控制發明已趨完善，所有誕生過的人，都輕易的避開死亡，很長很長一段時間，沒有聽見哀歌的演奏。那是多麼輝煌的成就啊！人類戰勝了死神，一腳把他踢進垃圾桶。只有出生沒有死亡，只有歡笑沒有悲傷，夢寐以求的日子啊！人們高聲歌唱。可是過了不久，出問題了，不死的人累積的數量超過了生活地域的負荷，不管走到何處，都是人擠人的情況，暴動於是發生，爲了自己不死，只好要別人接受死神的召喚。你不能想像那種屠殺的慘烈，那不死的人的野心也隨著不死的擴大，所有人都認爲自己應該存活下來，所有的野心都是想獨佔全部，唯我獨尊。

你現在遇到的人還有些是從那個時代留下來的，他們大多數都被集中管理，因爲他們是最渴望死亡的一群，因爲他們還曾經目睹死亡，知道死亡的尊貴。我知道他們有些還組成祕密團體暗中宣揚死亡的價值，不過效果不大，因爲沒有人見過死亡，誰還去相信呢？就像你現在滿臉疑問的望著我，我也不知怎麼去向你解釋死亡的概念。怎麼說呢？在以前那不是概念，而是真理。我並不是向你宣說死亡的價值，或對死亡有所迷戀，我只是想說清楚一點，那就是沒有死亡就沒有明天。

活到可以認識全世界的人，活到可以走遍世界的角落，清楚的知道哪裡有個人在哪裡幹什麼，這麼久的活著，人們害怕活著就如以前的人害怕死亡。尋死的人想出各種方法，有的利用機器把自己切碎，有的把



懼怕死亡才發生想像，懼怕死亡才得以生活眞實。

自己餓死，有的跳樓，有的自焚，但他們都被救活再生回來，一次又一次，人們已經放棄死亡了。那活在永生的痛苦終於體會到了。

沒錯！你之所以可以誕生，是因爲有某個不死的人死亡了。正確的說，也不是死亡，而是他消失了，沒有人知道他去了哪裡，沒有人可以找到他的任何蛛絲馬跡，一百年過去了，人們不得不承認他「死了」，進而宣布有一個新生命可以被加入，那就是你，而那個消失的人就是我。

我就是那個渴望不死的人，也是第一個擁有不死的人，但是我後悔了。你知道不死的情況嗎？你還小，對萬事萬物還存著新鮮，這原就是生命該有的期待與享受。但是你會慢慢忘記這些，問題就在於我們很容易失去對萬事萬物的興趣。而且如今你看不到任何創新的事物了，求得永生，人們再也不需要任何其他，欲望的終止恰恰就在欲望得到了滿足之時。

我多麼懷念人們還懼怕死亡的時代，懼怕死亡才發生想像，懼怕死亡才得以生活真實。越怕死才越懂得珍惜眼前的一切，如今我們都不死了，無所畏懼，可是一切也了無生趣。多麼詭異的世界啊！想像不能發生，乾枯的生靈四處遊走，乾癟的文字輕如土塵，他們都已經不害怕死亡了。我真的很懷念那時那樣的渴望明天的事是包含著巨大的熱情，現在的我們對明天卻毫無感激。

在我很小很小的時候，有一次海邊游來了一隻迷途的鯨，我看他在沙灘上擱淺，很痛苦的樣子，趕緊用海水澆在他的身子，我拍著他的身體安慰他，下一次漲潮很快就來了，可以再度回到海洋的懷抱。我覺得他聽懂我的話，當然這只是我的想像。但那想像是多麼真實啊！等到漲潮時分，他竟然還活著生命游回了大海，從此我知道想像的真實，也知道鯨聽懂我的話。

然後在我年輕的時候，有一次不慎由船上掉入了海中，有一隻鯨靠近，把我救回船上。這亦不是虛幻的，而是真實存在的。不能只因爲那是想像，人們就都不信。爲什麼我們要被困在如此荒涼之境呢？我們的燈塔難道不正是投射出方向指引著船上的人們嗎？人們漸漸不相信這些了，他們以各種奇奇怪怪的認知，寧願相信論據，所以他們得到了永



不能只因爲是想像，
人們就都不信。

生，這樣比較聰明嗎？整個時代的人就做這件無聊的事，沾沾自喜，而放棄開發另一個小島，那裡有一座燈塔，在黑夜裡發光。這是應該的嗎？如今燈塔的光慢慢的模糊了，明天將要熄滅，我想我的故事也應該結束了。

我想到我曾經和鯨說了許多話，當他游回大海時，我跟他說，我們還會再見面嗎？他告訴我說，明天我們還會再見。我相信，因為明天我就要回到大海，你將是最後看到我的，唯一的小孩。

「第一個字是靈魂，第二個字是海洋，第三個字是天空，第四個字是死者，第五個字是遠方，第六個字是消失，第七個字是昔日，第八個字是寂寞，第九個字是明天，第十個字是小孩。」

有時會傳來一點點
海島的氣味
有時會牽引出深深埋藏
久遠的夢想
有時會陷入沈思於荒蕪
藍色的天空
有時會映照無限遼闊
母親的溫柔
有時會憶起於清晨喚醒
殘留的睡夢
有時會傳來一點點
海島的氣味
有時會傳來一點點
一點點的什麼

從山頭流出的血流注入了海洋，濃厚的塵灰遮去太陽的光，小島像一隻鯨呼息般把體內熱騰的水氣噴了出來。那是被釋放的鯨魂嗎？那隆隆的響聲，是鯨的哭聲嗎？天與地正在交談。

原本居陸上的，堆疊無數歷史與驕傲的，現在他們該稱傲什麼？地層從內裡翻轉而上，舊的縐褶被撫平，新的紋路開鑿新的脈動，所有輝煌被摧毀掩蓋了，未來將要被建造成怎樣的體統，都是未可知的，都是未可知的。一切還在沉寂中，彷彿爲以往過多喧囂嘈雜的一頁嵌鑲上長長休止符，生命可以暫時停止急急前往，安安靜靜。

要過多久，黑暗才漸漸退卻。海面曙光。

要過多久，南風再一度輕輕吹起，帶著夏天的氣息。

要過多久，第一顆種籽飄來，抽芽生根。

要過多久，陽光才穿透葉脈，亮亮盎綠。

要過多久，海洋的才爬上陸地。

要過多久，一雙眼睛才和一雙眼睛相遇。
而海一直這麼悠長悠長等待著一切的可能與發生。
老荷比這麼回憶著：
「我看見人們四處奔走，而火球從空中掉落，滾過之處盡是一片廢墟。
我聽見人們四處哀嚎，而海水沸騰著蒸氣，漫淹之處盡是一片廢墟。
我親眼所見　親耳所聞的一切　承自我父親的預言　承自我的先祖的預言　承自天地的誕生。
我們還要走這條路很遠很遠，遠到時間空間的開端。」
遠遠望著小島，鯨群圍繞著荷比。
「那是我生命的初航，無數次的旅程中，我記憶最深刻的一次。你們當中有跟我一樣的，第一次踏上航途，千萬不要懼怕，最巔危的浪一樣消失於最柔緩的沙灘。」
「告訴我們關於勇者馬拉哈的故事。」



那是我生命的初航，無數次的旅程中，
我記憶最深刻的一次。

「我已經告訴你們無數次了。」

「再說一遍。」

再說一遍馬拉哈?再看馬拉哈受傷的軀體如何咬著牙忍住疼痛犧牲自己解救他者?爲了我們生命的延續而奮鬥的馬拉哈就死在這片海域中。他死前還微笑的唱著歌。馬拉哈這樣唱著:

「曾經我是冷漠的在海洋之前

但當我學會以身體拍擊,她回應以巨大的熱情

在每一個子夜星星們也睡覺的時候

海唱安眠歌給我聽

聲音有長有短,如春雨中的雷鳴

旋律有高有低,如層層山巒疊嶂

日日夜夜,永不休止。

如今我徬徨生命的無常

海洋依然伴我身旁,毫不保留地接待

我困頓渴求安息的身軀。

讓我的嘴巴再嘗一口海水鹹鹹的滋味
讓我的身體再一次感受海的溫度冷暖
讓我的歌聲最後一次歌詠我的海洋
我的海洋。」

馬拉哈唱完歌就在海洋中沉沉的睡去，他的聲音即使過了這麼多的季節，卻仍依然迴盪在海洋中。你們當中要有把他記住的，讓歌聲永遠流傳下去。

「這所有關於我的故事，其實是累積我生命中曾經與我交遇過的一切。可以這麼說，沒有他們，就沒有我的存在。如今你們常常以為自己是多麼的巨大，可是要常常想到，成就你巨大的正是你周遭的一切，否則我們的命運也會跟人類的命運一樣可憐。」

老荷比抬眼望著悠遠的天空。

「再有一件事，你們要特別關注。我們鯨群最驕傲的是我們的歌聲，不要讓詩歌斷了延續。從牙牙學語開始，我們所吐露的就是最美的旋律。不要害怕，大聲把它唱出來。我也曾經害羞過，覺得自己永遠也學



海洋依然伴我身旁，毫不保留地接待，
我困頓渴求安息的身軀。

不會吟唱，因此把自己閉鎖著。但是我要告訴你們，最好的詩篇不是漂亮辭彙的修飾，而是用心嘔出來的血。如今海洋受到了污染，你們也變得不喜歡詩歌，這樣一來，我們便要沒了希望。所以，跟我一起大聲的唱出來吧！」

在千年堅硬的冰層中，我們誕生
左鰭是上弦的月光，轉過身來右鰭是太陽
我們呼吸，划動整座海洋。
頭頂戴著北冰洋連綿的白色巨帽
尾巴拍打著安地斯山下洶湧巨浪
我們呼吸，划動整座海洋。
將奔騰而來的風景收留眼中
將傷逝的種種過往拋到腦後
我們呼吸，划動整座海洋。
敞開心胸游向明媚亮麗的南方
盡情開口歌頌無限寬闊的未來

我們呼吸，划動整座海洋。
出發吧！這是我們的旅程，我們得親自去完成。
讓我們出發吧！千萬年的旅程再一次讓它開啓。

●　●　●

第十個守燈塔的，希望會是你，續說一個小孩的故事。
前面已經說了九個故事了，九個孤獨的老者說了九個小島的故事，爾後你來到這裡，這次你找不到小孩可以對話，整座燈塔迴盪著唯一的聲音是你自己的腳步聲。
你第一次來到這裡大約是三十年前，當時你還不識字，但什麼話語都聽懂了，就是不理解現實裡人們的話語。現在他們所說的真實世界一一的被摧毀，而他們認爲虛幻的，卻仍在孤獨的角落留存，就像這座無人的小島，無人的燈塔一樣，當你告訴人們第一次來到這座小島的情況，沒有人把它當真。



將傷逝的種種過往拋到腦後，
我們呼吸，划動整座海洋。

那時你坐在門檻上發呆的望著天空，沒有任何目的的望著，然後有一座小島就從你眼前飄過，你趕緊跑去告訴別人你看到的。他們問你是不是作夢夢見的，就只是因爲他們沒見過，或者曾經見過而被自己給遺忘了。你無法辯解，在一群失去想像的人們面前這世上所有的小島都是等著被征服的，而不是用來說故事的。然而你多麼慶幸這座說故事的小島，或者應該說這座故事裡所說的小島依然存在。你現在就在這裡，一座被遺忘的消失之島。

現在太陽還未落入海中，眼前所見的一切都充滿著你，有最感性的海風，有最沉默的雲，一切都還能發生，一切都在等待著可能。

在來此之前，你過著一段失去小島的歲月，可怕的是在那些日子你自己並沒有察覺小島正逐漸崩解，直到有一天突然聽見小島在呼喚，你才恍然驚覺小島離你越來越遠。其實，小島慣然以其無聲的揮手招喚每一個人，只是能聽到它的「無聲」的人恐怕不多。你直到此刻還很難說清楚那是一種怎樣的聲音，但你知道當你聽到那個聲音，其他的一切都變得沒有聲音了。聽到無聲小島的呼喚，你再一次發呆的望著天空，熱切渴望小島浮現。

就是這樣，經過長久的等待，日夜的盼望，你終於攀爬上了小島。

別擔心，這是真的，不是虛幻，你現在就坐在小島的海邊。你願意怎樣的期待，小島都能够滿足你。最重要的，再來你要述說什麼樣的故事呢？在這座佇立於時光中的小島，無人的小島，一開始是荒蕪一片，現在又重新回到源頭的荒蕪一片，你將要替它說些什麼故事呢？

上燈塔的階梯垮了幾段，你可以重新將它填補好，這裡有個故事。小心地踩著說故事老人的足跡前進，這裡也有一個故事。轉彎裡右邊的墻上那裡留著一幅鯨的塗鴉，這裡也有一個故事。島上又深又黑的那條通往地底的洞穴也還遺留一個未完的故事。輕輕的踩著你的步伐，緩緩的讓你的身體融進燈塔，這裡的不管是多麼細微的一顆塵土，都有它的故事。所以你要慢慢仔細的去挖掘。

花了那麼長的時空你來到這裡，耗費了十個字詞當作船票來到這裡，那是多麼貴重的十個字，所以你要更加珍惜。

你偶爾來到這裡，就像一艘船在黑夜中航行，會以爲燈塔應該總是



你現在就在這裡，
一座被遺忘的消失之島。

亮的，但你知道嗎？那燈還是夜夜有個人去把它點亮。正是如此，不要以爲小島總是會浮現，有一天你不注意的時候，它就再也不會出現在你的天空。所以你要更加熱情。

在你的故事未出現以前，你靠著別人的故事存活，今日輪到你了，就在孤獨中安安靜靜的完成，像前面的人一樣，讓故事可以繼續不斷的延伸下去，填滿你的筆記本。

現在開始第一步，替小孩取個名字吧！讓他發生，讓他在你的想像中成真。「荷比」你在筆記本裡這麼寫下，「荷比少年」你繼續寫下，「荷比少年是個聾子」繼續寫下，「荷比少年是個聾子，但他卻聽得懂鯨群的歌唱」繼續寫下，「那一天在深夜，他聽到漁港裡傳出哽咽的哭泣。」繼續，「這麼晚了，是誰在那裡低低哀鳴？」荷比從床上爬了起來，穿上了外套，縮著脖子兩手拉緊外套的領子，放輕腳步，靜悄悄的走過父母的房間，偷偷的溜出家門。

漁港裡黯靜無人，小荷比忍著北風的冷冽，一步一步走向港區，偶爾迴旋的燈塔的亮光，將他的影子拉長，更顯薄弱孤單。從來從來他不知道聲音是什麼，他活在自己孤獨的闃闇中。因爲這樣，荷比也不會說話，長久看著其他人的嘴巴開開合合，卻聽不見聲音，所以他以爲人們的嘴巴像是魚的嘴巴，因爲魚在水中嘴巴也是不停的如此開開合合。等他知道自己不同於其他人，嘴巴不會習慣性的開合，他閉得更緊了。

所以當荷比聽到「聲音」，他才不管夜是黑得可怕，風是冷得顫抖，他不顧一切要去接近那哀哀低鳴的聲音。這聲音不只是第一次聽見，並且一聽就知道他的意思。他說：不要丟下我一個啊！不要丟下我一個！我在這裡，請你們看看我，我就在這裡啊！

荷比在漁港來回走了幾趟，卻找不到聲音的出處，明明聲音還持續著，可是卻沒半隻影兒。有一刻，荷比還以爲是自己的錯覺，可是當他用雙手塞住自己的耳朵，那聲音依然直接傳入他的心海，他知道那聲音的確存在。

荷比站在漁港堤岸，黑暗中海色透露天空熹微的波光依然飄晃，才仔細注視著海象，水中那裡卻有一雙眼睛也望著他。

許久許久，那眼睛與荷比的眼睛都安安靜靜。



讓故事可以繼續不斷的延伸下去，填滿你的筆記本。

「你是誰?」那眼睛問。

荷比緊閉著嘴巴，想逃開。

「你聽到我說的，爲什麼不回答!」

荷比根本還不敢相信他可以聽見，可以說話。

「你回答我吧!我希望聽見你的聲音。」

「我是個啞巴……」荷比不可置信的聽見自己說話的聲音。

海中的眼睛笑了，慢慢的浮上水面。

一隻鯨，微笑的望著荷比。

「你是誰?」荷比問他。

「我是荷比呀!」

「我們有相同的名字……」荷比說。

「一個住在陸地，一個住在海洋。」荷比說。

「你爲什麼在這裡?」荷比說。

「荷比被關起來了。」荷比說。

「荷比被關起來了?」荷比說。

「是啊！我想要回到我的家。」荷比說。

荷比看著荷比，如同看著自己。

荷比把欄柵打開，放走了荷比。

「我們還會再見面嗎？」荷比說。

「是的！明天我們還會相遇。」荷比說。

荷比慢慢的回到了家。

一隻鯨，一個人，他們初次相見。你在筆記本上寫下。

你是否希望會有一個像這樣的小孩來到這裡，發現這本筆記，他是第十一個守燈塔的，而他也會接續著說一個故事。

說故事，說故事，讓故事能夠繼續下去，繼續下去。

你猜，也是你最後的希望，他會這麼寫下：「最早最早之前，這裡只是一片海洋。……最後最後這裡也只是一片海洋。」真盼望有那麼一天，海會再次的湛藍，雖然目前仍是一片黑暗。

你慢步的爬上階梯，把水晶玻璃擦拭乾淨，拉起遮簾，微笑的點亮燈塔。雖然在一大片的黑暗中那光亮像是微微且閃爍著的星。

你把手稿放進了書架上，下一個伸手拿取它的，會在他的燈塔遠遠的望著你，你們將會靠在一起。

安心的睡吧！

「第一個字是靈魂，第二個字是海洋，第三個字是天空，第四個字是死者，第五個字是遠方，第六個字是消失，第七個字是昔日，第八個字是寂寞，第九個字是明天，第十個字是小孩。」

第十一個字是……

最早最早之前，這裡只是一片海洋……
最後最後這裡也只是一片海洋……

## 【後記】

# 孤島

許多年來，我一直思念著一座島嶼，她是無形的卻又眞實存在，特別是在體驗過我們彼此相處的現實世界，正以崩潰的畫面快速消逝於無形，有某種落失的情感無所依託，甚至在還未跟某一人建立起碼的互動，那人轉身就不見了。而所有現在正大量快速擴充膨脹的新品，同樣在還沒來得及認識以前，已經復歸於銷毀或沉寂。竟然會這麼快，這麼快我們的世界，這麼快就無法從瓦礫堆裡找出什麼値得珍惜的紀念物。

那麼多的人坐在頽倒的記憶中哭泣，一整個時代的我們究竟花了多少力量去搭建這樣一座比虛幻世界更易粉碎的現實呢！

我當然知道，這世界這地球是往前滾的，所有的人身上彷彿都被下了符咒，「滾吧，趕快滾！」似乎若你不往前滾，立即會被後來的壓扁一樣。我這樣打滾了許多年，有一天，我滾進了一處安靜的草原，讓人驚訝的是，我一直以爲我是一顆石頭，必須不斷的翻滾，直到那一天，我才發現原來我是一顆種子，根本就不應該不需要滾動。

然後在殘破的瓦礫堆中，我亦看見生根發芽。

於是這座島嶼又再次上升起來。

起先（應該是九六年）她非常模糊，直到我日夜以思念召喚，她才慢慢清楚的浮現於腦海，然後徹底占據了我的思緒，那時我也體會到，一個人能有這樣一座島是多麼幸福的事。

我開始想像這座幻想島的故事，伴隨的是一卷錄製鯨群歌唱的CD，於是原本環繞著島嶼的寂寞的海，鯨群游來嬉戲，好不熱鬧，那陣子連天空的雲彷彿都在微笑。那卷CD分成幾個段落，每個段落都有個名稱，我依照段落分定順序，聽著鯨群歌唱，想像她們究竟在唱些什麼，先寫出一首首的詩，然後把故事完成。

有了島嶼，有了鯨群，有一片海，然後一個人站在遠方凝望，這是我能盡力的，其他的，我期待想像。

二〇〇〇年，感謝大田莊培園總編、蔡鳳儀主編，替這想像尋找出口，增添色彩；還有感謝我的新婚妻子，讓我滾進那處安靜的草原。

最後我想說，我記得一座孤島，雖虛構卻堅強不能摧。

是爲記。

# 智慧田系列

智慧田 001

## 七宗罪

◎黃碧雲　定價$200元

懶惰、忿怒、好欲、饕餮、驕傲、貪婪、妒忌，是人的心靈蒸發、肉身下墜，人對自己放棄，向命運屈膝，是故有罪。

黃碧雲的小說《七宗罪》在世紀末倒數之際，向我們標示人的位置，狂暴世界裡僥倖存活的溫柔……

南方朔、楊照、平路聯合推薦

智慧田 002

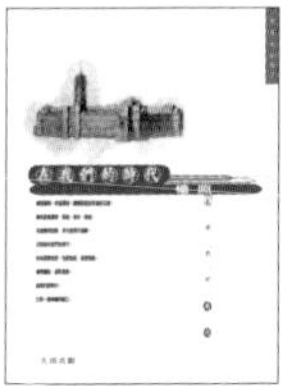


## 在我們的時代

◎楊照　定價$220元

懷著激情、充滿理想，凝聚挑戰和希望的此刻，擁有各種聲音、影像、事件、話題，記憶變得短暫，存在變得不連續。

正因爲在我們的時代，未來被夢想著，也被發現，更被創造。楊照觀點、感性理解，爲我們的時代，打造一扇幸福的窗口。

智慧田 003

## 時習易

◎劉君祖　定價$200元

時局這麼亂，李登輝總統的易經老師劉君祖在想些什麼？時習易，亂世中的解決之道、混沌中的清晰思維，用中國古老的智慧，看出時局變化，世界正在巨變，而我們不能一無所知！本書教我們找到亂世生存的智慧密碼。

智慧田 004

## 語言是我們的居所

◎南方朔　定價$250元

正因爲語言是我們無法逃避的現實和記憶，所以語言是我們的居所。這是一本豐富之書，書中有大量並可貴的知識；這是一本有趣之書，書中有鮮活的事例與源流典故；這是一本詩意之書，智慧照耀了人性幽微之處；這是一本炫耀之書，因爲閱讀的確讓我們和別人不同。

《語言是我們的居所》揭開了漢人潛在的心理機制與文明暗流，藉由語言去體會了生命無盡藏的奧祕……

# 智慧田系列

智慧田 005

## 突然我記起你的臉　◎黃碧雲　定價$180元

有這麼一天，他老了，突然記起她的臉，他生命唯一的缺失得以完成。

《突然我記起你的臉》收錄黃碧雲小說五篇，情思堅密，意味則摧人心肝愀然。在生命裡，總有一些時刻教我們思之淚下，或者泫然欲泣，就像突然記起一個人的臉、一個荒熱的午後……

智慧田 006

## 星星還沒出來的夜晚　◎米謝・勒繆　定價$220元

星星還沒出來的夜晚，我們有了如浪一般的感傷。我是誰？從何而來？向何處去？一場發生在暴風雨後的哲學之旅，神奇的開啓你思想的寶庫。獻給所有的大人和小孩；所有深信幽默感和想像力，永遠不會從生命中消失的人……

榮獲1997年波隆那最佳書籍大獎

小野・余德慧・侯文詠・郝廣才・劉克襄溫柔推薦

智慧田 007

## 世紀末抒情　◎南方朔　定價$220元

二十世紀末，下一個千禧年即將到來，恍若晚霞中的節慶，在主體凋零的年代中，我們更應該成爲，擁有愛和感受力的美學家。這裡所分享的，是如何跨過挫折和焦慮，讓荒旱的心田，迎向抒情、感性與優雅，和下一個世紀清涼的新雨。

智慧田 008

## 知識分子的炫麗黃昏　◎楊照　定價$220元

終究在歷史的狂濤駭浪中，改變性格、改變位置；年少的靈魂不再嚮往召喚改革者巨大的光芒，靈魂遞嬗、踏雪疾走，經過矛盾的告別，經過對世界的厲聲吶喊，縱然身處邊緣，知識分子仍然情操不滅，心意未死！

# 智慧田系列

智慧田 009

## 童女之舞

◎曹麗娟　定價$160元

當年白衣黑裙的鈴璫笑聲，十六歲女孩的熱與光，當年被父親亂棒斥逐，無所掩藏，無所遁逃的洪荒情慾。曹麗娟十五年來第一本短篇小說，教你發燙狂舞！愛情在苦難中得以繼續感人至深！

李昂、張小虹等名家聯合眞誠推薦

智慧田 010

## 情慾微物論

◎張小虹　定價$220元

從電子花車到針孔攝影機，台灣人愛看；從飆車到國會打架，台灣人愛拼。呈現台灣情慾文化的衆生百態，是文化研究與通俗議題結合的漂亮出擊，革命尙未成功，情慾無所不在！

智慧田 011

## 語言是我們的星圖

◎南方朔　定價$250元

語言可以說成許多譬喻：它是人的居所、是鐫刻著故事的寓言書；也可以視爲一張地圖，或標示思想天空的星圖。

我們走過的、我們知道的，以及我們還不知道的，都在其中。而我們自己就是那個繪圖的人。但願被繪的星圖能精確的反映出星光燦爛，而不是心靈宇航時會迷途的惡劣天空。

智慧田 012

## 烈女圖

◎黃碧雲　定價$250元

從一種世紀初的殘酷，到世紀末的狂歡，香港女子的百年故事，一切都指向孤寂，和空無，不論是重於泰山，或輕於鴻毛，也許是一個被賣出家門，再憑一把手槍出走的童養媳；也許是一個成衣工廠車衣，償還父親賭債的女工；也許是一個恣意遊走在諸男子間的女大學生；烈女無族無譜，是以黃碧雲寫下這本《烈女圖》，宛若世界的惡意之下，女人的命運之書。

# 智慧田系列

智慧田 013

## 我一個人記住就好　◎許悔之　定價$200元

《我一個人記住就好》收一九九三年後創作的散文於一帙，主題多圍繞悲傷、死亡、欲望、人身溫柔和不忍離捨。彷若月之亮與暗面，柔光和闃暗相互浸染。以考究雅緻的文字敘寫面對世界惡意的莫名恐懼，還有目擊無常迅速間，瞬間美好的戰慄。

《我一個人記住就好》印證書寫是一種治療、一種細緻的抵抗，面對人間種種悲傷，仍得以繼續舞踏，歌唱。

智慧田 014

## 二十首情詩與絕望的歌　◎聶魯達/詩 李宗榮/譯 ◎紅膠囊/圖　定價$200元

這本詩集記錄了一個天才而早熟的詩人，對愛情的追索與情欲的渴求，悲痛而獨白的語調，記錄了他與兩個年經女孩的愛戀回憶，近乎感官而情欲的描寫，全書將智利原始自然景致如海、山巒、星宿，風雨等比喻成女性的肉體。全書始自對女人肉體集合的渴望，而結束於與情人仳離的哀傷與絕望。本詩集寫就於聶魯達最年輕而原創時期，這本詩集可視爲是他一生作品的源頭，也是瞭解他浪漫與愛意濃烈的龐大詩作的鑰匙。

智慧田 015

## 有光的所在　◎南方朔　定價$220元

《有光的所在》抒發良善的人性質感，擺脫批判與韃伐，吶喊與喧囂，回歸生活中最重要的人品鍛鍊。當世界變得越來越無法想像，唯有謙卑、自尊、勇敢、不忍這些私德與公德的培養，才會讓我們免於恐懼，進而成爲自我能量的發光體。

智慧田 016

## 末日早晨　⊙張惠菁　定價$220元

人文深度與新世代短波的異端結合，張惠菁爆發著驚人的創作速度與質感。

新刊小說《末日早晨》以身心病症爲創作座標，當都會生活的焦慮移植在胃部、眼神、子宮、大腦、皮膚、血管，我們的器官猶如被我們自身背叛了，於是抵抗一層不變的思考窠臼，張惠菁的《末日早晨》於焉誕生。拿下時報文學小說獎的「蛾」、台北文學獎的「哭渦」盡收本書。

文學評論家　王德威先生專文推薦

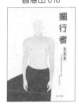

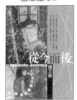

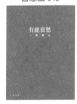

# 智慧田系列

智慧田 022

## 鯨少年

◎蔡逸君　定價$200元

《鯨少年》創想於九六年，靈感來自一份零售報紙的贈品——一張錄製鯨群歌唱的CD。小說細細密密鋪排出鯨群的想望與呼息，在大洋中的掙扎搏鬥、情愛發生，書寫者時而以詩歌描繪出鯨群廣闊嘹喨的豐富生氣，時而以文字場景帶領我們墜入了寂寞的想像之島，如今作品完成鯨群遠走，人的心也跟著釋放，一切在艱難之後，安靜而堅定。

智慧田 023

## 想念

◎愛亞　定價$190元

《想念》透過時間的刻痕，在文字裡搜尋及嗅聞著一點點懷舊的溫度，暖和而溫馨，寫少年懵懂，黑衣白裙的歲月往事；寫「跑台北」的時髦娛樂，乘坐兩元五毛錢的公路局，怎樣穿梭重慶南路的書海、中華路的戲鞋、萬華龍山寺、延平北路……在緩慢悠然的訴說中，我們好像飛行在昏黃的記憶裡，慢慢想念起自己的曾經……

智慧田 024

## 秋涼出走

◎愛亞　定價$200元

《秋涼出走》，原刊登於中國時報人間副刊「三少四壯集」專欄，內容雖環繞旅行情事種種，但更多部份道出人與人因有所出走移動，繼而產生情感，不論物件輕重與行旅遠近，即使小至草木涼風、街巷陽光、路旁過客，經由緩慢閒適的觀看，身心視野依然會有意想不到的豐富體會。

## 訂購辦法：

1.利用郵局劃撥帳號：15060393戶名：知己實業股份有限公司

2.信用卡：可來電 04-3595819-230 索取表格

3.通信：註明訂購書名及數量，連同匯票或劃線支票寄至 407 台中市工業 30 路 1 號（抬頭：知己實業股份有限公司）

# 美麗田系列

美麗田001

## 成長是唯一的希望　⊙吳淡如　定價$200元

吳淡如第一本自我成長的私密散文，在離家的火車上、在初嚐愛戀的青春裡、在掙扎傳統價值的抗爭中……每一次都勇敢打破別人說的不可能，即使跌跌撞撞、懵懵懂懂，卻一次又一次累積成長的勳章。

美麗田002

## 魔法薩克斯風　⊙高培華　定價$250元

一個孤獨的單親小男孩，原本個性自閉而害羞，因為一把薩克斯風，他第一次充滿勇氣和夢想。人的一輩子都必須認眞地做一件事，勇敢不退縮，就會有快樂和成就；所以從現在開始，一點也不遲……薇薇夫人、陳樂融、黃子佼聯合推薦

美麗田003

## 玩出眞感情　⊙曾　玲　定價$180元

曾玲的度假小故事，讓你看了喜歡、讀了感動；她為你開啓一扇不同視野的度假指南。你從來不知道可以這樣度假……旅遊名作家褚士瑩眞情推薦

美麗田004

## 吃最幸福　⊙梁幼祥　定價$199元

62家名店美食指南，豐富導引，梁幼祥眞情推薦，26道名菜食譜，彩色照片，簡單作法，人人皆可成為幸福料理人。亞都飯店總裁嚴長壽幸福推薦

美麗田005

## 眞情故事　⊙黃友玲　定價$170元

黃友玲的眞情故事每一篇都是一顆閃亮的星星，讓我們看到一點點感動的累積、一點點眞情的心意；就像在黑夜裡所散發出來的溫暖星光，教人無法忘記!

美麗田006

## 紅膠囊的悲傷1號　⊙紅膠囊　定價$160元

告別老煙槍的電椅理髮院、拉門式大同電視、治痛良藥五分珠；告別留在海邊的十七歲的我；告別十九歲生日快樂的她；願我遺忘、願我釋放、願我無怨無悔……，32頁精彩有顏色的春風少年心事加上120幅關於愛情的不捨回憶。知名漫畫家尤俠、名作家彭樹君、漫畫評論盧郁佳、紅膠囊死黨可樂王用力推薦

美麗田007

## 溫柔雙城記　⊙張曼娟　定價$180元

張曼娟在城市裡自由往來的抒情紀錄，具備了女性溫柔、體貼的文風特質，更兼具了男性果斷獨立的理性觀察，本書完整呈現張曼娟的千種風情與生活體悟。

# 美麗田系列

美麗田008

## 小迷糊闖海關

⊙曾　玲　定價$180元

一個美麗的女水手，跟著自戀迷糊的烏龍船長，加上啤酒肚的億萬富翁，以及年輕英俊的潛水教練……這是一本關於航海故事的書，篇篇精彩絕倫，冒險刺激、顚覆秩序的海上生活，等你來書中體驗，挑戰趣味！海洋名作家廖鴻基推薦

美麗田009

## 再忙也要去旅行-旅遊英文OK繃

⊙鄭開來　特價$199元

在忙碌的城市生活裡，每個人好像都在等待旅行的時間表，等待花開花落又一年，等待老闆高興工作加薪……但是，鄭開來要告訴你:「再忙也要去旅行!」隨書附贈鄭開來旅遊英文OK綳＋CD，爲你的英文隨時補充能量，一切 OK！No problem！

美麗田010

## 人生踢踏踩

⊙李　昕　定價$170元

《人生踢踏踩》是李昕的第一本書，完整記錄自己的轉折故事，充滿女性自覺的想法，李昕的勇往直前，願與你共勉－人生永遠來得及重新開始！幾米、朱德庸、夏瑞紅、蔡詩萍推薦

美麗田011

## 願意冒險

⊙吳淡如　定價$200元

緊緊握著勇往直前的決心，學習著放棄悲傷、飛離束縛，每一次痛苦的掙扎，都讓我們的生命源頭泉水更豐盈！吳淡如書寫生命中多次在內心、在生活裡的冒險旅程，每一篇都散發著酸甜苦辣的勇往直前。

美麗田012

## 旋轉花木馬

⊙可樂王　定價$180元

這是一本關於童年的書，台灣版的《狗臉的歲月》，由可樂王自編自導自演。收錄在書裡所有的塗鴉，同時配上32頁彩色圖，他不斷思考著，做爲一個孩子的我們，彼時都在想些什麼呢？可樂王試著尋求答案，試著在《旋轉花木馬》中告訴你答案……

美麗田013

## 紅膠囊的悲傷2號

⊙紅膠囊　定價$180元

這是紅膠囊繼悲傷1號之後的悲傷2號；情感找到缺口，悲傷也有續集，昔日的戀情拂袖而去，昨日的記憶溫暖停留，小小的喜悅、小小的幸福、小小的惆悵都可以在《紅膠囊的悲傷2號》中盡情悲傷……紀大偉、張惠菁聯合推薦

美麗田014

## 勇敢愛自己

⊙洪雪珍　定價$180元

一本爲你找回生命節奏、激勵勇氣性格的生活隨身書，一個時代青年必備的三部曲:關於工作交響曲、關於生活流行曲、關於感情合奏曲，讓你重新發現自己，原來一切可以如新，生命可以痛快有朝氣！秦慧珠、幾米、朱德庸、吳若權、陳佩周、廖和敏一致信心品質保證

# 美麗田系列

美麗田015

## 大腳丫驚險記

⊙曾　玲　定價$180元

本書沒有外國奇異風景，但是卻有本土的冒險刺激；沒有歡樂享受，但是卻有感人眞摯的故事；曾玲有著十八般武藝教你在野地裡一樣可以烤五花肉、搖搖鷄，教你做竹筒飯、汽水飯、海苔比薩，現代人的野趣與冒險全在這裡。

美麗田016

## 這個媽媽很霹靂

⊙李　昕　定價$180元

李昕從小就是叛逆少女，後來成爲霹靂媽媽。她讓女兒了解她的感情世界、陪女兒上色情網站，共同討論熱門話題：威而剛風潮、偶像崇拜。身爲母親的李昕，懂得如何與孩子談性、談離婚，教女兒跳佛朗明哥舞蹈。誰說媽媽一定要犧牲奉獻，刻苦忍耐，李昕不但不忍耐，她還要和女兒一起霹靂生活。

美麗田017

## 寫給你的日記

⊙鍾文音　定價$220元

一個單身女子離開家人與愛人、朋友，置身紐約的動盪與陌生不安，生活裡五味雜陳的酸甜苦辣，架構脫軌的眞實人生。讓你眞切體會一個人在異地都會的掙扎與找尋自我的喜悅。眞實的日記本，與你終宵共舞，讀出旅者孤獨悲傷的況味。

美麗田018

## 品味基因

⊙王俠軍　定價$220元

一篇篇如詩散文，層層倒回時光隧道裡，懷舊的氣味中嗅聞著一位樂於冒險、勇於嘗試，對空間敏感的小男孩如何在生活軌跡裡，摸索著對美的形成。憤怒青年時期的執著與專心，在電影、閱讀、攝影、繪畫的一致追求。直至成爲台灣玻璃的代表人物，仍舊孜孜不倦「誠意」是藝術表現的最高境界。什麼是屬於台灣眞正的美學經驗？請看王俠軍。南方朔品味推薦

美麗田019

## 踩著夢想前進

⊙林姬瑩　定價$200元

《踩著夢想前進》這是一本充滿勇氣與夢想的書，一個南台灣的女子實現單車環遊世界的故事，她擁有小王子的純眞及牧羊少年的勇氣，騎著單車、帶著夢想到世界旅行，她相信行萬里路之後，更淸楚知道自己的方向，用生命去體驗大自然、豐富人生。

美麗田020

## 心井・新井

⊙新井一二三　定價$180元

新井一二三第一本在台灣出版的中文作品，內容集結中國時報人間副刊「三少四壯集」專欄文字。從世界性的遊走氣魄，回歸到東京郊區的淡然，其中凝鍊著新井面臨日本現象，所聞所見之反思，一篇篇歷經的人情故事，讀來浮沈感人，是海外浪子身心感受的眞實世界，更是你我內心的一口心井湧現。吳淡如、林水福推薦

# 美麗田系列

美麗田021

## 華滋華斯的庭園

⊙松山 猛著　邱振瑞譯　定價$220元

《華滋華斯的庭園》讓你成爲生活玩家，從享樂中得到自由，它能讓你完全放鬆心情，勾起遺忘已久的甜蜜玩性。沒有現代人面臨的那種時間壓迫感，同時帶領讀者來到「紅茶」、「鐘錶」、「祇園」、「南法普羅旺斯」等有趣的地方，徹底實踐享樂的自由品味。

美麗田022

## 華滋華斯的冒險

⊙寺崎　央著　李俊德譯　定價$220元

穿什麼？吃什麼？住哪裡？興趣是什麼？旅行的去處？爲了讓您過更舒適愉快的生活，提供了16則有趣的話題供您做參考。

我們將邀請您一起去參觀Key West海明威和貓一起生活的家、好好吃頓早餐的美麗人生、單身生活者有餐具橱櫃的房間。

美麗田023

## 有狗不流淚

⊙理察・托瑞葛羅夏著　李淑眞譯　定價$120元

這本實用的趣味大全，就像愛犬溫暖、親切的招呼，瑣碎的細節將使你的生活爲之一亮，讓你倍感溫馨，增加你更了解人類這位最好的朋友。本書有各種實用的小祕訣，小至如何讓你的狗維持健康、快樂，大至狗兒英勇的啓發性事蹟、狗兒是治療大師、同時也創造歷史的種種紀錄。

美麗田024

## 有貓不寂寞

⊙理察・托瑞葛羅夏　李淑眞譯　定價$150元

你知不知道你的貓是左撇子還是右撇子？你知道含有生物鹼的巧克力對貓是一種毒藥嗎？你經常觀察貓咪的尾巴、貓咪眨眼睛、貓咪的牙齒和壽命嗎？這是一本使你永遠不會過敏的貓咪書，挑選本書就像挑選你最愛的貓咪一樣，絕對讓你會心微笑、愛不釋手！

美麗田025

## 未來11

⊙ 紅膠囊/作品　張惠菁/撰文　定價$250元

這是一本風格強烈的圖文概念書，主題關於一個虛擬的時空， 由兩位新世代的優質作者——圖文書作家紅膠囊與張惠菁一同合作。紅膠囊創作了一系列充滿未來風格的圖像，而張惠菁則用文字架構起屬於《未來11》這個虛擬世界的僞知識，圖像與文字的兩種創作互相指涉，開闢出豐富的概念磁場。

美麗田026

## 樂觀者的座右銘

⊙吳淡如　定價$220元

現代人面臨著人心徬徨、生命無常，爲事業擔心、爲家庭煩憂的種種困境，不知該如何面對未來，也不懂如何讓自己活得聰明，挫折與壓力讓我們過得一點都不輕鬆自在……現在，超人氣名作家吳淡如在千禧年將公開自己的座右銘。

# 美麗田系列

美麗田027

## 可樂王AD/CD俱樂部

⊙可樂王　定價$269元

內容多收錄自於【花編副刊】版創版圖文專欄,可樂王這些豐富有趣的圖文，約莫完成在1996-1999年間屬於可樂式的口吻、可樂式的懷舊氣味，可樂式的思考邏輯，正在蔓延，《可樂王AD/CD俱樂部》偷偷開張了。……

美麗田028

## 單車飛起來

⊙林姬瑩＆江秋萍　定價$220元

上天總是適時地安排一些看似無法克服的障礙和困難，卻又往往在最後為你準備了一份特別的禮物，而你必須經歷過程中的掙扎和煎熬，於是當你親自打開它時，才會懂得珍惜。《單車飛起來》獻給勇於接受挑戰的朋友們，讓我們的夢想能夠繼續自由地飛翔。

美麗田029

## 語言讓人更自信

⊙胡婉玲　定價$199元

這是一本介於自傳、語言學習法以及勵志哲學觀的混合文體，民視主播胡婉玲透過時間續循序漸進地紀錄個人經歷，再融入對於自我建設信心、學習語言的理念看法等。期望讀者們從書中汲取經驗，營造適合自己的語言學習環境，建構屬於自己的生活語言運用網。隨書附贈胡婉玲採訪CD中英文雙語有聲書

美麗田030

## 快樂自己來—生活點子雜貨鋪

⊙李性蓁　定價$190元

自由自在一個人，錄下電車的廣播，想在哪裡下車就在哪裡下車；設計一份Special的菜單、送一份創意的小禮物給心愛男友；即使是偶像劇也可以感動得痛哭流涕……後青春期美少女李性蓁的生活點子雜貨舖創意十足、魅力無窮。

美麗田031

## 朵朵小語

文：朵朵　圖：萬歲少女　定價$200元

用心灌溉快樂和希望的種子，為你的人生開出美麗微笑的幸福花朵！自由時報花編副刊最受歡迎的專欄集成書。是心靈的維他命，生活的百憂解。

甫上市即榮獲金石堂暢銷書排行榜

美麗田032

## 夢酥酥

圖文：商少眞　定價$350元超值價$249元

你昨日有沒有做夢？是讓你流口水一直回味的好夢嗎？還是討厭的最好忘光光的壞夢？夢的世界無法想像，但是商少眞全部幫你畫出來了。商少眞第一本關於夢的書，華麗而豐富的圖文，絕對讓你愛不釋手，還會尖叫卡哇伊！

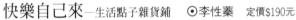

國家圖書館出版品預行編目資料

鯨少年／蔡逸君著.－－初版.－－臺北市：
大田，民89
面；　公分.－－（智慧田；022）
ISBN 957-583-902-1（平裝）

857.7　　89011248

智慧田 022

鯨少年
作者：蔡逸君
發行人：吳怡芬
出版者：大田出版有限公司
台北市106羅斯福路二段79號4樓之9
E-mail:titan3@ms22.hinet.net
http://www.morning-star.com.tw
編輯部專線（02）23696315
傳眞（02）23691275
【如果您對本書或本出版公司有任何意見，歡迎來電】
行政院新聞局版台業字第397號
法律顧問：甘龍強律師

總編輯：莊培園
主編：蔡鳳儀
編輯：張珮蓁
校對：耿立予／陳佩伶／蔡逸君／詹宜蓁
印刷：耀隆印刷事業股份有限公司
初版：二〇〇〇年（民89）九月三十日
定價：200元

總經銷：知己實業股份有限公司
（台北公司）台北市106羅斯福路二段79號4樓之9
TEL:(02)23672044．23672047　FAX:(02)23635741
郵政劃撥：15060393
（台中公司）台中市407工業30路1號
TEL:(04)3595819　FAX:(04)3595493

國際書碼：ISBN 957-583-902-1 / CIP:857.7　89011248
Printed in Taiwan

| 廣　告　回　郵 |
| --- |
| 北區郵政管理局登記證北台字11049號 |
| 免　貼　郵　票 |

※請沿虛線剪下，對折裝訂寄回，謝謝！


**大田出版有限公司　編輯部收**

地址：台北市106羅斯福路二段79號4樓之9

電話：（02）23696315-6　傳眞：（02）23691275

E-mail：titan3@ms22.hinet.net


地址：

姓名：

TITAN
大田出版

智　慧　與　美　麗　的　許　諾　之　地

閱讀是享樂的原貌，

閱讀是隨時隨地可以展開的精神冒險。

因爲你發現了這本書，所以你閱讀了。

我們相信你，肯定有許多想法、感受！

## 讀 者 回 函

**你可能是各種年齡、各種職業、各種學校、各種收入的代表，**

**這些社會身分雖然不重要，但是，我們希望在下一本書中也能找到你。**

名字/＿＿＿＿＿＿＿＿ 性別/□女□男 出生/ 年 月 日

教育程度/＿＿＿＿＿ 職業/＿＿＿＿＿＿ 年收入/＿＿＿＿＿＿

聯絡地址/＿＿＿＿＿＿＿＿＿＿＿＿＿＿ 電話/＿＿＿＿＿＿＿

郵遞區號 □□□ E-mail: ＿＿＿＿＿＿＿＿＿＿＿＿＿＿＿＿

**你如何發現這本書的？ 你買的書名是**＿＿＿＿＿＿＿＿＿＿＿＿

□書店閒逛時＿＿＿＿＿書店 □不小心翻到報紙廣告（哪一個報？）＿＿＿＿＿

□朋友的男朋友（女朋友）灑狗血推薦 □聽到DJ在介紹＿＿＿＿＿＿＿

□其他各種可能性，是編輯沒想到的＿＿＿＿＿＿＿＿＿＿＿＿＿

**你或許常常愛上新的咖啡廣告、新的偶像明星、新的衣服、新的香水……**

**但是，你怎麼愛上一本新書的？**

□我覺得還滿便宜的啦！ □我被內容感動 □我對本書作者的作品有蒐集癖

□我最喜歡有贈品的書 □老實講「貴出版社」的整體包裝還滿 High 的 □以上皆非

□可能還有其他說法，請告訴我們你的說法

＿＿＿＿＿＿＿＿＿＿＿＿＿＿＿＿＿＿＿＿＿＿＿＿＿＿＿＿＿＿

＿＿＿＿＿＿＿＿＿＿＿＿＿＿＿＿＿＿＿＿＿＿＿＿＿＿＿＿＿＿

一切的對談，都希望能夠彼此了解，否則溝通便無意義。

當然，如果你不把意見寄回來，我們也沒「轍」！

但是，都已經這樣掏心掏肺了，你還在猶豫什麼呢？

**請說出對本書的其他意見：**＿＿＿＿＿＿＿＿＿＿＿＿＿＿＿＿＿

＿＿＿＿＿＿＿＿＿＿＿＿＿＿＿＿＿＿＿＿＿＿＿＿＿＿＿＿＿＿

大田出版有限公司編輯部 感謝您！